KB077518

VISUAL NOVEL SERIES

PRINCE OF STRIDE 01

ORIGINAL WORK & DESIGN WORKS
SHUJI SOGABE [FiFS]

TEXT
NARUKI NAGAKAWA

CHARACTER DESIGN
KANAKO NONO [FiFS]

up the wind and drive your emotions

『마음』을 전하는 것은
어려운 일인가요?

『마음』은
전해지는 건가요?

말이나
체온
선물

『마음』만이라면
사라지기
쉬우니까

계속
연결하며
살아왔습니다.

사람은
형태에
『마음』을
담아

이건 모두가 연결한
소중한 사람과의
『마음』의 형태

당신을 그리는
나의 이야기.

STEP 01

VISUAL NOVEL SERIES
PRINCE OF STRIDE 01

LET THE WIND BLOW

나는 내 인생이 움직이기 시작한 순간을 잘 기억하고 있다.

고등학교 입학시험을 몇 개월 앞둔, 초겨울의 어느 날.

'best_stride_ever.mp4' 라는 단순한 제목의 동영상.
스마트폰의 작은 화면 속에서 한 남자 고등학생이 달린다.

눈물이 주르륵 흘러내렸다.
마음이 따라가기도 전에 나는 울음을 터뜨렸다.

동영상 속 남학생의 달리기는 저 멀리 끝까지 도달하려는 힘으로
넘쳐흘렀다.

검은 머리의 그가 모르는 지역의, 모르는 길을 달렸다.
엄청난 속도로 카메라를 차례차례 앞질렀다.
전신을 기울여 커브를 돌았다. 그 뒤를 커다란 빌딩이 흘러 지나갔
다. 상대 선수의 모습은 이제 어디에도 보이지 않았다.
화면이 바뀌었다.
그와 같은 트레이닝복을 입고, 긴 머리를 하나로 묶은 다음 주자가
다른 길에서 전속력으로 그의 눈앞으로 뛰어 들어왔다.
부딪치겠어!

그렇게 생각한 순간, 기분 좋은 소리가 울려 퍼졌다.

부딪친 건 두 사람의 손바닥뿐이었다.

앞지르면서 들어 올린 손과 손의 하이터치. 틀림없이 이렇게 되리라는 것을 알고 있었던 듯 초고속으로 이루어지는 완벽한 릴레이.

긴 머리의 그는 앞 주자로부터의 스피드를 이어받아 더욱 가속했다.

한 걸음이라도 잘못 내디디면 부딪쳐서 크게 다칠 수도 있는데. 어떻게 이렇게 남을 믿을 수 있는 걸까.

나는 눈물을 닦는 것도 잊고 그의 달리는 모습을 바라보았다. 가슴속 깊은 곳이 뜨거워짐을 느꼈다.

길가는 응원하는 사람들로 한가득이었다. 모두 그의 달리기를 바라보는 중이었다.

그는 엄청난 속도로 거리를 달려 나갔다. 그리고 상대 팀과 큰 격차를 두고 골인했다.

동영상이 끝났을 때, 나는 결심했다.

이 세계── 스트라이드에 뛰어들기로.

"폭신폭신……. 기분 좋다……."

주문한 지 얼마 안 된 침대에 누워 데굴데굴 뒹굴었다.

커튼 사이로 따스한 봄 햇살이 쏟아졌다. 나는 지금까지 홋카이도의 할아버지, 할머니와 함께 살았다. 눈이 다 녹은 새 학기는 처음이다.

상경한 지 일주일. 새로운 방에도 익숙해졌다. 오래된 목조 주택을 깔끔하게 리노베이션한 멋진 집. 코우 삼촌은 불편할지도 모른다며 걱정했지만, 나는 금세 마음에 들었다.

코우 삼촌, 그러니까 코우이치 삼촌은 엄마의 막냇동생으로 지금 나의 보호자다. 코우 삼촌 집에 얹혀살게 된 덕분에 할아버지는 호난 고교 진학을 겨우 인정해 주셨다. 코우 삼촌이 없었더라면 호난에 다니는 건 무리였을 거다.

1층 가게에서 커피 향기가 솟아올랐다. 코우 삼촌의 집은 피리카라는 카페다. 피리카는 아이누말로 귀엽다는 뜻이다. 정말 잘 어울리는 이름이다.

폭신한 침대에서 커피 향기로 잠을 깨다니 정말 멋져…….

그 기분은 스마트폰 화면을 본 순간, 단번에 날아가 버렸다.

"으악, 벌써 시간이 이렇게!"

얼른 일어났다. 또 사고

를 쳤구나…….

내 최고 속도로 준비를 마치고 1층의 가게로 후다닥 내려갔다.

카운터 안에서 코우 삼촌이 커피를 내리는 중이었다. 흰 셔츠에 검은 앞치마 차림이 오늘도 완벽하다.

"안녕, 나나."

삼촌의 웃는 얼굴은 사진에서 본 엄마 얼굴이랑 똑같았다.

"좋은 아침!"

교복 차림의 나를 보고, 삼촌은 겸연쩍은 표정을 지었다.

"아, 미안. 입학식이 오늘이었니?"

"괜찮아. 아, 동아리 구경하고 올 거니까 점심 지나서 올 것 같아. 걱정하지 마."

"그래. 자, 이거 도시락. 시간이 없어서 가게 샌드위치로 했는데, 미안하네."

"그거 완전 좋아해!

피리카의 감자 샐러드 샌드위치는 정말로 맛있다.

"아침밥으로도 더 넣었으니까 틈이 나면 꼭 먹어."

기뻐하면서 샌드위치 꾸러미와 홍차가 담긴 텀블러를 받아들었다.

"다녀오겠습니다!"

그대로 전력 질주! ······를 하기 전에 몸을 빙글 돌려 턴.

가게 벽에는 사진이 많이 걸려 있다. 그 중 하나에 엄마가 웃고 있는 사진이 있었다. 날짜는 내가 태어난 해의 여름. 그 사진이 엄마를 담은 마지막 사진이 되었다.

"엄마, 다녀오겠습니다!"

사진을 보며 인사한 후, 나는 가게에서 힘차게 뛰어 나갔다.

"으앗."

그때 부드러운 것에 폭 부딪히고 말았다.

"······아앗! 안녕, 나나."

그건 마침 가게에 찾아온 사쿠라짱이었다.

"헤헷, 좋은 아침!"

맵시 있는 옷차림의 사쿠라짱은 피리카의 웨이트리스? 이다.

"교복이 참 잘 어울리는 걸."

사쿠라짱이 생긋 웃으며 말했다.

"정말로? 이거 기쁜데!"

"잊은 건 없고? 손수건은 챙겼니?"

사쿠라짱의 물음에 주머니를 이곳저곳 뒤적였다.

"어어…… 앗."

주머니는 텅 빈 채였다.

"자, 이거."

사쿠라짱이 키득거리면서 커다란 손으로 핸드백에서 레이스가 달린 새 손수건을 꺼냈다.

"돌려주지 않아도 괜찮아. 입학 축하 선물이니까."

"와아, 고마워, 언니!"

고개를 숙였다. 사쿠라짱은 항상 센스가 좋다.

"코우, 입학식 안 가 봐도 되겠어?"

사쿠라짱이 카운터에 있는 삼촌을 불렀다.

"가게는 어떻게 할 건데. 그리고 코우라고 부르지 마."

삼촌은 사쿠라짱을 상대할 때는 이런 털털한 말투를 쓴다.

"그럼 다녀와. 매니

저 일도 힘내고."

사쿠라짱도 내가 스트라이드를 하고 싶어서 도쿄까지 상경한 걸 알고 있다.

『얌전하게 생겨가지고 제법인걸.』

그렇게 말하며, 언니는 응원해주었다.

"나나, 시간."

삼촌이 가게 시계를 가리켰다.

이런! 두 사람에게 손을 흔들고 학교로 향했다.

푸른 하늘 아래, 자연스럽게 나는 달리고 있었다.

차가운 공기를 들이마시며 달린다. 시야 안으로 들어오는 길거리도, 사람들도 아침 햇살을 받아 찬란하게 빛나 보였다.

오늘부터 나의 스트라이드가 시작되는 거다!

02

아슬아슬하게 버스 시간에 맞추는 데 성공했다.

호난 학원 고등학교까지는 버스 한 대. 그렇지만 승차한 차량 안에는 호난 교복을 입은 사람은 하나도 없었다. 혹시 지각일지도……. 어쩐지 불안해졌다.

그래서 다음 정류장에서 호난 교복을 입은 남자애가 달려오는 걸봤을 때는 좀 기뻤다.

하지만 그 애는 운전기사한테 안 탄다는 듯 손만 흔들고 그대로 달려가 버렸다. 나는 새 손목시계(아빠가 준 입학 선물!)에 눈길을

주었다. 그렇게 시간에 여유가 있는 것 같지 않아 보이는데⋯⋯.
계속 뛰어갈 셈일까?

　버스 창문 너머로 무심코 그 애한테 눈길을 주었다.

　가볍게 조깅이라도 하는 느낌으로 달리고 있지만, 버스를 따라오
고 있다니 상당한 속도였다. 그런데 전혀 괴로운 표정이 아니었다.
호난 학생들은 모두 저렇게 발이 빠른가⋯⋯.

　계속 보고 있고 싶었지만 버스 안 승객들이 늘어나는 사이에 그 모
습을 놓치고 말았다.

♛

　"서둘러라, 신입생─."

　스포츠형 머리의 무서워 보이는 선생님의 재촉과 함께 나는 학교
안으로 겨우 들어갈 수 있었다. 뒤에서 드르륵 드르륵 소리를 내며

교문이 닫히는 중이었다.

호르르 안도의 한숨을 쉬었을 때, 닫히려던 교문 저 편에서 남자애가 달려오는 것이 보였다.

아까 버스에서 봤던 그 애다!

"위험해!"

이제 교문에는 남자애가 지나갈 수 있는 틈은 없었다. 그런데도 그 남자애는 개의치 않고 달려왔다.

남자애가 펄쩍 뛰어올랐다.

"어엇~?!"

교문 옆 울타리와 화단에서 뻗어 나온 벚꽃 나무를 교대로 발판으로 삼아 자기 키만 한 높이의 문을 훌쩍 뛰어넘었다. 나는 눈을 의심했다.

착지한 남자애는 내려앉을 때의 충격을 이기지 못하고 데구루루 굴러 나무에 부딪쳤다. 쿵, 하는 큰 소리.

"세이프!"

대(大) 자로 뻗었으면서 두 손을 공중으로 쭉 뻗으며 외쳤다.

막판에 그건 세이프가 아니라 아웃 아닐까!

걱정이 된 나는 달려갔다.

"괘, 괜찮아? 아, 피가 나는데."

남자애의 손등에 나뭇잎 같은 것에 긁힌 상처가 보였다.

"괜찮아. 금방 나을 텐데 뭐."

"하지만 지혈을 해 두는 게……."

나는 주머니에서 손수건을 꺼내어 내밀었다. 사쿠라짱의 좋은 향수 향기가 은은하게 났다. 사쿠라짱한테 받은 선물이지만 다쳐서 피나는 사람을 우선하는 게 당연하지!

"너 참 친절하구나—!"

손수건을 받아든 남자애의 얼굴이 환하게 밝아졌다.

"고마워! 이거 좀 빌릴게."

친근하게 웃는 얼굴. 어린 아이 같은 눈으로 똑바로 나를 쳐다보았다. 조금 놀랐는데, 아까 그 무서워 보이는 선생님이 다가왔다.

"너, 무슨 원숭이도 아니고! 얼른 게시판 보고 배정된 반으로 이동해라!"

또 선생님의 재촉에 우리는 반 편성표가 붙은 게시판으로 향했다.

표를 올려다보니 금방 내 이름이 눈에 들어왔다. C반이었다.

"넌 몇 반이야?"

남자애가 돌아보며 그렇게 물었다.

"아, 난 C반이야."

"같은 반이네! 나는 야가미 리쿠. 잘 부탁드립니다!"

남자애가 갑자기 존댓말을 쓰기에 웃음을 터뜨리고 말았다.

"사쿠라이 나나야."

내가 이름을 대자 야가미는 씩 웃어 주었다.

아는 사람이 하나도 없었던 호난에서 처음으로 대화를 나눌 만한 친구가 생겼다.

"그럼 가볼까! 서두르자!"

우리는 교사로 달려갔다.

♛

"담임인 단이다. 현대 국어를 담당하고 있지. 한 해 동안 잘 부탁한다."

단 선생님은 간결하게 자기소개를 마쳤다.

우리 담임 선생님은 조용하고 침착한 인상을 주는 분이었다. 아까 그 스포츠형 머리의 무서운 선생님이 담임이 아니라서 다행이다.

근데 단 선생님은 왜 트레이닝복으로 갈아입으신 거지……? 입학식 때는 분명 정장 차림이었는데. 본인의 방침인지, 아니면 단순히 정장이 답답해서 그런 건지 모르겠지만, 어쨌든 범상치 않아 보

인다:

　"야가미 리쿠입니다! 좋아하는 야키소바는 야키소바 빵입니다!"

　야가미의 자기소개는 초반부터 상당히 엉뚱했다.

　그게 뭐냐는 소리와 함께 웃음이 솟아올랐다. 야가미는 친구가 참 많을 것 같다.

　"그리고 스포츠는 다 좋아해서 빨리 체육대회 같은 행사가 왔으면 좋겠습니다! 잘 부탁해요!"

밝게 웃는 반 친구들 속에서 딱 한 명, 안경을 쓴 남자애가 야가미에게 험악한 시선을 보이는 게 눈에 띄었다.

뭐지? 아는 사이인가? 의아해서 쳐다보고 있노라니 그 애랑 눈이 마주치고 말았다. 꿰뚫어 보기라도 하는 듯한 강한 시선에 눈을 뗄 수가 없었다.

흐악. 이, 이를 어쩌지…….

게다가 그 남자애가 갑자기 벌떡 일어났다.

깜짝 놀랐지만, 자기소개 순서가 돌아와서 그랬나 보다.

"후지와라 타케루입니다. 잘 부탁합니다."

그 말만 하고 바로 자리에 앉아 버렸다.

굉장히 당당한 태도였다. 참 특이한 애구나…….

그리고 순서대로 모두 인사를 하고, 드디어 내 순서가 찾아왔다.

"사쿠라이 나나입니다. 홋카이도에서 왔습니다. 도쿄는 날씨가 따듯해서 참 좋네요."

웃길 셈은 아니었는데 주변에서 웃음이 터져 나왔다.

"도쿄에 대해서는 잘 모르니 여러모로 잘 가르쳐 주세요."

고개를 가볍게 숙였다. 야가미가 크게 박수를 보내 준 것이 기뻤다.

♛

"사쿠라이, 동아리 정했니?"

입학식 후, 홈룸 시간이 끝나고 하교할 때가 되자 뒷자리에 앉은 애가 말을 걸었다.

벌써 내 이름을 기억해 주었구나. 어쩐지 낯간지러운 기분이었다.

"난 카와라자키 리코. 잘 부탁해. 신문부에 들어가려고 해."

신문부라. 남의 이름을 잘 기억하는 것도 신문을 만드는 데 있어서는 중요한 기술일지도.

"너도 신문부, 어때?"

카와라자키의 말투는 상당히 털털해서 어쩐지 친해질 수 있을 듯한 예감이 들었다.

"미안해. 사실 난 벌써 정했거든."

그래서 아예 솔직히 말해 보기로 했다.

"난 스트라이드부에 들어가려고."

"스트라이드라니 거리를 뛰어다니는 그거?"

"응! ……물론 여자 스트라이드는 없지만, 꼭 이 학교에서 스트라이드를 해 보고 싶어서."

할아버지나 코우 삼촌, 사쿠라짱 이외의 사람에게 내 결심을 털어
놓는 건 처음이다. 열변을 토하니 어쩐지 부끄러웠다.

"그래서 매니저 쪽으로 노력해 보고 싶어."

하지만 카와라자키의 반응은 전혀 예상 밖의 것이었다.

"우리 학교, 스트라이드부 없어."

"뭐?"

한순간 눈앞이 새카매지는 것 같았다.

"아, 미안. 스트라이드 얘기를 통 못 들어서. 지금도 호난에 스트라이드부가 있어?"

"분명 있을 텐데. 2년 전 EOS에서 준결승까지 갔는걸."

EOS는 End Of Summer의 약자, 그 이름대로 여름 막바지에 크게 열리는 동일본 고교 스트라이드 대회를 의미한다. 그 동영상도 EOS의 시합 영상이다.

"하지만 매니저를 하려면 축구부가 더 낫지 않아? 나가라 중학교의 미야타도 와 있거든."

"그게 누군데?"

"중학교 에이스에 꽃미남인데…… 모르니?"

"응."

건성으로 대답하던 나의 머릿속은 빙글빙글 돌기만 했다. 돌이켜 보니 스트라이드는 굉장해, 호난 고교에 가야겠다! 라고 마음을 먹은 후, 그저 열심히 노력만……. 호난에 가면 그 스트라이드에 가까워질 수 있을 거라는 생각밖에 없었다.

"만약 남자 친구를 구하려는 거면 남자 농구부 쪽에 멋있는 애 많은데."

"남자 친구?!"

카와라자키는 뭔가 오해를 하고 있는 것 같았다.

"그, 그런 게 아니라! 난 스트라이드가 좋다니까."

내가 진지한 어조로 말하자, 카와라자키는 순간 의외라는 표정을 짓더니 만족스러워했다.

"아하! 사쿠라이는 스트라이드를 좋아하는구나. 매니저하면서 남친 GET! 이런 게 아니구나."

"처음부터 그렇게 말했는데."

입을 비죽였다.

"아하하, 미안해. 근데 사쿠라이 너도 이쪽 계열의 애구나. 친해질 수 있을 것 같아."

카와라자키는 윙크를 하며 오른손을 내밀었다.

"나나라고 불러도 돼."

나는 그 손을 쥐었다. 시원스럽게 말하는 카와라자키였지만, 그 손은 의외로 따뜻했다.

"그럼 나도 리코라고 불러."

굳은 악수를 나눈 후, 나는 동아리 건물로 향했다.

빨리 호난의 스트라이드부가 어떤 상황인지 알고 싶었다.

03

오리엔테이션 자료를 한 손에 들고 혼자서 동아리 건물을 어슬렁거리고 있자니 누군가가 뒤에서 불렀다.

"사쿠라이 나나."

갑자기 튀어나온 풀 네임에 놀라서 뒤를 돌아보았다. 이 안경 쓴 남자애는 같은 반의……

"아, 후지와라."

하도 간단한 자기소개여서 단번에 이름을 기억하게 되었다.

"스트라이드부에 가는 거야?"

"뭐? 아, 응……."

리코와 이야기하던 소리를 들었을지도 모른다. 그렇다면 좀 부끄러운걸.

"가자."

후지와라는 표정 변화 없이 걸음을 내디뎠다. 안내해 주려는 모양이다.

동아리 부실이 모여 있는 건물은 빈말로도 결코 깔끔하다고 할 수는 없었지만 학생들이 수다를 떠는 소리, 웃음소리, 악기 소리, 그리고 여러 동아리의 열기가 전해져 왔다. 도시의 학교는 역시 굉장히 떠들썩하다.

"여기야."

스트라이드부의 부실은 동아리 건물 2층 가장 안쪽에 자리했다. 아까까지의 열기는 다 어디로 갔는지 주변에는 인적도 없어서 고요할 뿐이었다.

"다행이다. 역시 스트라이드부 있었구나!"

"당연하지."

후지와라가 무뚝뚝하게 말했다.

"고마워."

감사를 표한 후, 심호흡을 했다. 동경하던 스트라이드부. 어쩐지 긴장이 되었다. 뭐라고 말하지……. 앞으로 신세를 질 테니까 예의 바르게 행동해야지…….

드르륵!

내 심정도 모른 채, 후지와라는 노크도 하지 않고 문을 벌컥 열었다.

"!"

깜짝 놀라 굳어버린 나에게 후지와라는 눈짓으로 들어가라고 재촉했다.

갑자기 문을 열어 놓고 자신이 먼저 부실로 들어갈 마음은 없는 모양이다. 하지만 이렇게 된 이상 어쩔 수 없다.

"실례합니다!"

방 안에서 따악! 하는 소리가 울려 퍼졌다.

"잠깐 기다려!"

덩치 큰 선배가 크게 소리질렀다.

"기다리기 없음!"

안경을 쓴 선배가 곧바로 거부.

"아니, 좀 기다려 주라."

"기다리기 없다니까요! 디스 이즈 RTS(리얼 타임 장기)!"

장기판을 사이에 두고 두 명의 선배가 그런 대화를 하는 중이었다.

부실 안에는 그 둘 뿐이었다. 둘러보아도 동영상 속 그 사람은 없는 것 같았다.

그런데 왜 스트라이드부에서 장기를 두지⋯⋯?

"속 좁기는. 얼마 전에 나도 기다려 줬잖아!"

"호오, 얼마 전이라? 몇 년, 몇 월, 며칠, 몇 시, 몇 분, 무슨 요일⋯⋯."

"귀찮게스리!"

기다려 달라, 안 된다를 놓고 선배들의 백열전은 계속되었다. 아직 우리가 들어온 것도 눈치채지 못한 것 같다.

⋯⋯나는 살며시 부실의 문을 닫았다.

눈을 비비며 다시 한번 문에 붙은 표찰을 확인했다.

분명「스트라이드부」라고 쓰여 있다. 그런데 그 바로 옆에는「장기부」라는 문자도 함께였다.

장기부야? 아니면 스트라이드부야?

"저어―."

뒤에서 누군가가 말을 거는 바람에 놀라 펄쩍 뛸 뻔했다.

돌아보니 선배로 보이는 남학생이 친근함이 묻어나는 웃음을 짓고 있었다.

"혹시 입부 희망자?"

"아, 네."

내가 대답하자, 옆에서 후지와라가 묵묵히 고개를 끄덕였다.

"그렇구나! 환영해─. 나는 2학년인 코히나타 호즈미야. 잘 부탁해."

코히나타 선배는 그렇게 말하며 문을 열었다. 태도가 참 부드러운 사람이네.

부실 안에는 아까 그 두 선배의 실랑이가 한창이었다. 코히나타 선배가 손을 짝짝 치면서 "입부 희망자래!"라고 밝게 외쳤다.

코히나타 선배가 부실에 있던 두 사람을 소개시켜 주었다.

덩치도 크고 척 봐도 운동부라는 인상을 주는 사람이 하세쿠라 히스 선배. 이목구비도 뚜렷해서 마치 배우 같았다.

반대로 매우 문화계열의 동아리 소속 같다고나 할까, 머리가 좋아 보이는 사람이 카도와키 아유무 선배.

"그래서 어느 쪽?"

카도와키 선배가 물었다. 무슨 의미인지 몰라서 어리둥절해 있자 코히나타 선배가 후지와라의 어깨를 턱 붙잡았다.

"그 눈매. 그 안경. 넌 장기부 희망자구나!"

"아닌데요."

후지와라가 무표정하게 부정했다. 후지와라의 얼굴을 가만히 바라보고 있던 카도와키 선배가 무릎을 탁 쳤다.

"너, 츠루기야 중학교의 후지와라지!"

"……네."

후지와라가 여전히 표정 없이 고개를 끄덕였다.

"역시 그렇구나. 얘는 U(언더)−15에서 꽤 유명한 스트라이드 선수야. 효고에서 도쿄로 왔구나."

저도 모르게 후지와라를 쳐다보게 되었다.

그렇구나! 전혀 몰랐네.

"오오~."

코히나타 선배가 손뼉을 짝짝 쳤다. 후지와라는 수줍어하지도 않고 당당하게 있을 뿐이었다.

"그런 녀석이 들어오다니 스트부는 운이 좋구나. 그건 그렇고, 이쪽은 장기부 첫 여자 부원이지!"

카도와키 선배가 승리의 포즈를 취했다.

"아, 어, 저기."

그거 나 말하는 거지?

"아니요. 사쿠라이도 스트라이드부인데요."

그렇게 말해 준 건 고맙긴 한데, 후지와라는 오늘 처음 만났는데 어떻게 단언하는 걸까?

"어, 다시 인사 드릴게요……. 사쿠라이 나나입니다. 호난에서 스트라이드를 하고 싶어서 이렇게 왔습니다. 매니저 지망이에요. 잘 부탁드립니다!"

하세쿠라 선배와 코히나타 선배가 서로 얼굴을 쳐다보았다. 카도와키 선배만 환영한다며 활짝 웃었다.

"응응, 환영해. 나는 2학년, 카도와키 아유무, 대기만성의 '*토금 (と金)' 카도와키지!"

"어, 저어, 저희는 스트라이드부에 들어가고 싶은데요……."

"어느 부로 들어가도 자동적으로 동시 가입이야."

하세쿠라 선배가 나른한 표정으로 말했다.

으응?

"그, 그게 무슨 뜻이에요?"

"그러니까 스트부도, 장기부도 부원 부족으로 폐부 직전이거든."

---

* 일본 장기 용어. '보병' 말이 승격해서 '토금'이 된다.

　귀찮다는 듯 하세쿠라 선배가 말을 이었다.

　"우리 학교는 세 명 이상이 아니면 폐부야. 다시 말해, 이 세 명이서 서로 부를 겹쳐 가입해서 필요 인원을 충당하고 있다는 뜻이지."

　코히나타 선배가 바로 이어받아 설명을 해 주었다.

　그 설명을 듣고 후지와라가 한마디 했다.

　"전 장기 안 둡니다."

　후지와라의 그 분위기 파악 못하는 성격이 부러울 지경이었다.

　"단박에 거절당했다―!"

　카도와키 선배가 머리를 싸쥐었다.

　"그런 소리를 해도 말이지……."

　하세쿠라 선배가 코히나타 선배를 쳐다보았다.

"너희가 가입해 주면 활동 폭이 넓어질 거야……. 마작이라든가."

코히나타 선배가 그런 말을 꺼냈다. 마작이라니. 그거야 당연히 4명이 있어야 할 수 있는 거지만. 하지만 지금은 그게 아니라……!

"잠깐만요. 그럼 여기 있는 선배 셋이서……."

"스트라이드부 겸 장기부의 부원 전부야."

"!"

부원이 겨우 세 명밖에 없다니……. 호난의 스트라이드부가 그런 상황이 되어 있을 줄은 몰랐다. 충격으로 울고 싶을 정도였다. 그렇게 굉장한 스트라이드부가 어째서…….

"저, 호난의 동영상을 봤어요. 그래서 스트라이드부에 들어가고 싶어서 이 학교로 입학을 결정했다고요."

인생 첫 최대 결심이었는데…….

"동영상?"

하세쿠라 선배가 처음으로 관심을 보였다.

"잠깐만요."

그 동영상을 보면 알아줄 것이 틀림없다. 나는 스마트폰을 꺼내어 몇 번이나 봤던 그 동영상을 재생하려고 했다.

---

best_stride_ever.mp4
해당 동영상은 스트라이드 협회의 요청에 의해 삭제되었습니다.

무정하게 표시된 에러 메시지.

"스트라이드 협회, 이 바보!"

절로 스마트폰을 내던질
뻔한 걸 간신히 참았다.

"best_stride_ever.mp4"
해당 동영상은 스트라이드 협회의 요청에
의해 삭제되었습니다.
죄송합니다.

어쩌지…….

"그래서? 그 영상의 뭐가
그렇게 마음에 들었는데?"

하세쿠라 선배가 도발적
인 어조로 물었다. 선배는
똑바로 나를 쳐다보았다.

나는 등을 곧게 폈다.

"진짜 최고 속력으로 릴레이션을 하고 있던 동영상은 이것뿐이었
어요."

익혀 둔 스트라이드 용어를 섞어 설명하자, 하세쿠라 선배의 안색
이 순간 바뀐 것 같았다.

교대한 선수가 이전 선수한테서 힘을 받아 점점 가속도를 붙여 나
가는 모습이 담긴 건 이 동영상뿐이다.

릴레이션에서 두 사람의 마음이 이어져서 더욱 빨라진다……. 그
런 기분이 들었다.

"좋아하거든요. 다른 동영상보다도 호난의 스트라이드를."

그렇게 말한 나는 하세쿠라 선배의 눈을 바라보았다. 선배는 눈길
을 돌리지 않았다.

"그 동영상의…… 두 사람은, 지금 3학년인데. 한 명은 휴학, 다른
한 명도 예전에 여길 그만뒀어."

코히나타 선배가 나직이 말했다.

"……네?"

이런 굉장한 스트라이드를 한 사람들이 순식간에 동아리 활동을 그만두다니……. 믿을 수가 없었다.

"미안하지만 인원수도 부족해서 시합에 나가는 건 무리야."

코히나타 선배가 겸연쩍어 하며 말했다.

스트라이드는 6명이서 하는 스포츠다. 러너 5명과 릴레이셔너라고 불리는 사령탑 한 명으로 구성된다.

"장기는 세 명이라도 단체전에 나갈 수 있는데 말이지."

카도와키 선배가 슬쩍 끼어들며 말했다.

하지만 스트라이드는 세 명이서 할 수 없다.

"아, 하지만 와 줘서 기뻐. 시합은 못해도 같이 연습은 할 수 있으니까."

코히나타 선배가 밝게 말했다. 나를 염려해 주는가 보다.

"시합도 못 나가는데 연습을 왜 하냐?"

하세쿠라 선배의 낮은 목소리가 부실에 울리자 주변은 바로 조용해졌다.

잠시 이어진 침묵을 깬 사람은 코히나타 선배였다.

"사쿠라이는 매니저 지망이라고 했지? 그러면 선수는 후지와라를 포함해서 전부 4명이야."

아, 후지와라, 코히나타 선배, 하세쿠라 선배…….

"대회에 출전하려면 '두 명'이 부족해."

"호즈미, '세 명'이 부족한 거잖아. 나를 그 숫자에 포함시키지 말게나."

카도와키 선배가 요상한 어조로 불평을 쏟아냈다.

"두 명 남은 거라면 분명 지금부터 어떻게든 될 것 같아요!"

나는 힘차게 말했다.

"그러니까 세 명이라고!"

카도와키 선배는 불만스러워 보였지만, 나는 말을 멈출 수가 없었다.

"저, 동영상을 보고 스트라이드를 하고 싶어서……. 동영상은 사라졌지만, 저처럼 스트라이드를 좋아하는 사람들은 분명 많을 테니까요."

하세쿠라 선배가 노골적으로 얼굴을 찌푸렸다.

"스트라이드부에는 이제 아무도 안 와. 다른 동아리나 찾아보는 게 좋을걸."

하세쿠라 선배는 개라도 쫓아내는 듯 손을 내저었다.

"스트라이드가 아니면 안 된다니까요!"

나는 크게 외쳤다.

"선배들도 다들 스트라이드가 좋아서 여기에 들어온 거잖아요!"

목소리가 떨렸다. 코히나타 선배도, 하세쿠라 선배도 복잡한 표정만 지었다. 어쩌지. 갑자기 온 신입생 주제에 실례되는 말을 하고 있다는 건 안다. 하지만──.

"으햐악!"

갑자기 카도와키 선배가 괴상한 소리를 내질렀다.

계속 입을 다물고 있던 후지와라가 쪼그리고 앉아서 카도와키 선배의 다리를 문질렀다.

"……나쁘지 않군."

후지와라…… 무슨 소리를 하는 걸까……? 나는 힘이 쑥 빠질 지경이었다.

코히나타 선배가 생긋 웃었다.

"알아차렸나 보네? 트레이닝은 빼먹지 않고 했어. 장기부와 겸해 있긴 하지만, 그래도 여기는 '스트라이드부' 니까."

"말도 안 돼……. '스피드 장기부'를 목표로 한 나날은 거짓이었니."

"쯧쯧쯧, 아유무. 네 몸은 이미 우리에 의해 스트라이드를 위한 몸으로 개조당했다고!"

"내 몸에 도대체 무슨 일이!! 무서워!!"

호들갑스럽게 겁을 내는 카도와키 선배 옆에 쪼그리고 있던 후지와라가 하세쿠라 선배를 똑바로 쳐다보았다.

"연습을 왜 하냐고 했죠, 선배? 부원도 아닌 사람까지 단련을 시켜 놓고 그게 할 소리입니까?"

완전히 싸움이라도 거는 식의 어조였다.

후지와라와 하세쿠라 선배의 시선이 맞부딪쳤다.

먼저 시선을 돌린 건 후지와라였다.

천천히 일어나더니 안경 속 검은 눈동자로 나를 쳐다보았다.

"사쿠라이."

"아, 응."

"이제 둘 남았어."

그렇게 말한 후지와라의 뺨이 아주 잠깐 누그러진 것처럼 보였다.

나는 힘차게 고개를 끄덕였다. 그래. 여기서 멈출 수는 없다. 부족하다면 채우면 된다.

"꼭 두 사람 더 데리고 올게요. 그러면 제대로 동아리 활동하는 거죠?"

하세쿠라 선배는 시험이라도 하는 눈초리로 우리를 보면서 "그래, 좋아." 하고 대답했다.

"할 수 있다면 말이지. 부장으로서, 그리고 남자로서 두말하지 않겠어."

"……."

후지와라가 확인이라도 하는 것처럼 안경테를 밀어 올렸다.

"나도 도와줄게."

코히나타 선배가 그렇게 말하며 미소를 지었다.

"가, 감사합니다!"

"괜찮지, 히스?"

"……마음대로 해."

하세쿠라 선배는 이제 우리한테 관심도 없다는 듯 카도와키 선배와 함께 장기판 앞으로 몸을 돌렸다.

"힘내자, 사쿠라이!"

주먹을 꼭 쥐는 코히나타 선배.

"네!"

부원 부족 따위에 질 수 없다. 나는 꼭 여기서 스트라이드를 할 거다!

호즈미가 두 1학년을 데리고 나갔다.

"호즈미는 정말 남을 잘 챙겨 준다니까⋯⋯."

장기부 부장, 카도와키 아유무는 그렇게 중얼거리며 자리에 앉았다.

스트부 부장, 하세쿠라 히스는 아무 일도 없었다는 듯 장기판 앞에 앉았다.

'그리고 이쪽은 도무지 챙길 마음이 없고⋯⋯.'

요즘 저렇게나 의욕이 넘치는 입부 희망자는 없다. 좀 더 기뻐해도 될 텐데.

그렇게 생각하는 아유무였지만, 물론 입 밖으로 그 말을 꺼내지는 않았다. 나이브한 국면을 구분해낼 줄 아는 것도 장기의 필승 조건이다.

"자, 마저 하자."

히스가 큰 소리를 내며 말을 움직였다. 결국 '기다려 달라' 는 요구는 받아들인 꼴이 된 모양이다.

마지못해 아유무는 장기판을 바라보았다. ⋯⋯좋은 수였다. 형세 역전까지 가능할지도 모른다.

"이 수를 잘도 알아차렸네."

"좋은 바람이 불기 시작했으니까."

히스가 씩 웃었다. 그 웃음을 아유무는 오래간만에 보았다. 뭔가 꿍꿍이가 있을 때 짓는 미소라는 걸 알았다.

　그 나름대로 기뻐하고 있다는 뜻이리라.

　"재미있어지겠는데?"

　이 대국도. 이 동아리도.

04

　"……그래서 부원을 모으려고 해."

　그날 밤.

　영업시간이 끝난 후의 가게 카운터에 앉아 코우 삼촌이 타준 코코아를 마시며 오늘 하루 있었던 일을 이야기했다.

　"그렇게 열심히 하는 나나의 모습을 보면 아키노 누나가 떠오른다."

　코우 삼촌은 그렇게 말하며 눈을 가늘게 떴다.

　코우 삼촌이 말하는 아키노 누나는 우리 엄마다. 나는 엄마에 대해 거의 기억하지 못한다. 그래서 다른 사람한테서 엄마의 이야기를 듣거나, 내가 닮았다는 소리를 듣는 것이 좋았다.

　"정말 똑같다니까—."

　내 옆에서 사쿠라짱도 고개를 끄덕였다.

　"그런데 나나가 부탁하면 어지간한 남자애들은 한 방에 다 넘어갈 것 같은데."

　"그렇지 않아."

"나나 부탁이라면 난 그 동아리에 들어가겠는데."

코우 삼촌까지 그런 말을 했다.

부원이 모일까. 달리는 걸 좋아하는 사람들이 모이면 좋겠는데…….

그런 생각을 했을 때, 야가미의 얼굴이 떠올랐다. 교문을 뛰어넘을 때, 정말 깜짝 놀랐었는데…….

"아, 손수건! 미안해. 선물로 받았는데 다친 남자애한테 건네주고 말았어."

실망할 줄 알았는데 사쿠라짱은 예쁜 웃음만 지었다.

"남자애한테 선물하다니 최고로 잘 사용한 거야. 손수건도 미련 없을걸."

솔직히 나보다 사쿠라짱이 더 여성스럽다.

"분명 그 애는 지금쯤 나나를 떠올리고 있을걸?"

"엇, 왜?"

"그거야 당연하지. 이렇게 귀여운 애가 친절하게 대해 주었잖아. 벌써 반했을지도?"

나는 코코아를 마시다 뿜을 뻔했다.

"그, 그렇지 않다니까!"

얼굴이 확 달아올랐다.

기뻐하며 생글생글 웃는 사쿠라짱. 무슨 대꾸라도 하려고 허둥거리고 있는데, 주방 안쪽에서 코우 삼촌의 목소리가 들렸다.

"사쿠라, 오늘 도착한 원두, 뒷마당으로 좀 옮겨놔."

"아이 참, 이야기는 이제부터 시작인데!"

사쿠라짱은 투덜거리면서도 잔뜩 쌓인 상자를 단번에 번쩍 들어 올렸다.

"으라차!"

힘찬 기합 소리가 카페에 울려 퍼졌다. 한 박스에 2kg짜리 원두가 한 다스. 그걸 네 상자씩이나…….

"사쿠라짱은 힘도 참 세다."

내가 그렇게 중얼거렸다.

"그거야 남자니까."

그렇게 말하며 사쿠라짱은 예쁘게 윙크를 날렸다.

05

이렇게 호난 학원 스트라이드부 부활을 위한 부원 모집 대작전이 시작되었다!!

……그렇지만.

"스트라이드? 위험하니까 싫어!"

"보는 건 좋아하는데."

"호난에 스트부가 있었구나? 시합 보러 갈 테니까 날짜 알려 줘."

"스트라이드를 할 거였으면 호난에 안 왔지. 나라면 사이세이(西星)에 가겠어."

"멍청아, 넌 무리야. 그리고 사이세이는 아이돌이나 연예인들이 가는 학교잖아?"

"근데 너 신입생이니? 남자 농구부 매니저 안 할래?"

……말을 걸어도 기대할 만한 대답은 들을 수가 없었다.

역시 일이 쉽게 풀리지 않는구나…….

한숨을 푹 내쉬며 무거운 발걸음으로 교실로 돌아갔다.

후지와라는 성공했을까.

교실 문에 손을 댄 순간이었다.

"히이이익!"

안에서 웬 남학생의 한심스러운 비명이 들려왔다.

무슨 일이지? 얼른 교실에 들어가 보았다.

"스트라이드…… 꽤 재밌어."

"후, 후지와라! 너 갑자기 이게 무슨 짓이야!"

후지와라가 또 다른 남학생의 다리를 만져 대는 중이었다. 그 표정
은 진지하기 짝이 없었다.

"단련시키는 보람이 있겠어."

"그만하라니까!"

다리를 만지는 통에 놀란 남자애는 도망치듯 교실을 뛰어나갔다.

후지와라……. 스트라이드 하기에 좋은 다리를 가진 사람을 찾아
도, 그래서야 과연 입부를 해 줄까…….

"후지와라는 왜 남자들 다리를 만져? 변태야?"

교실에 있던 리코가 후지와라에게 의아한 눈빛을 보냈다.

"아하하……."

이렇게 웃고만 있을 수는 없다. 후지와라의 명예를 지키기 위해서
리코에게 사정을 털어놓았다.

"그래서 다리를……. 하지만 저건 아니다."

나도 리코의 의견에 찬성이다.

"아, 맞다. 나도 스트라이드부의 정보를 좀 모아 봤어."

리코가 작은 수첩을 꺼냈다. 역시 신문부다.

"진짜 스트라이드를 하고 싶은 사람들은 호난이 아니라 사이타마의
'미하시 고등학교'나 치바의 '이치바 고등학교'에 간대."

"하지만 호난도 EOS의 준결승까지 갔었잖아."

"호난이 강했던 건 재작년—— 나나가 말한 동영상이 찍혔을 때까지
만 그랬대. 작년은 예선 탈락, 그 후 공식 대회 기록 없음."

"어째서……. 무슨 일이라도 있었나?"

"으음."

거기까지는 리코도 조사 중이란다.

"그러면 난 동아리 활동하러 갈게."

리코에게 고맙다고 말하고 헤어진 후, 코히나타 선배와 합류했다. 후지와라한테도 같이 가자고 했는데, 그냥 혼자서 권유를 계속하려는지 거절했다. 저 상태로 내버려 두기엔 어쩐지 불안한데…….

나는 코히나타 선배와 함께 교내를 돌아다니기로 했다. 스포츠를 할 것 같은 남학생들에게 말을 걸고 있자, 그 중 한 명이 의미심장한 말을 꺼냈다.

"선배가 스트라이드부에는 들어가지 말라고 그랬어."

"어, 왜요?"

"작년에── 아, 아니다. 말하지 말라고 그랬는데."

……그건 또 무슨 뜻일까. 그는 사과를 한 후, 그 자리를 떠나버렸다.

── '작년은 예선 탈락, 그 후 공식 대회 기록 없음.'

리코가 했던 말이 머릿속을 스쳤다.

"코히나타 선배, 작년에 무슨 일이라도 있었어요?"

선배한테 물어봤다.

코히나타 선배는 눈길을 돌리며 휘휘 공기만 뿜어져 나오는 휘파람만 불었다.

"선배, 휘파람 소리가 안 나는데요."

"아하하……."

코히나타 선배는 웃었지만, 어쩐지 눈에 띄게 기운이 없었다.

풀 죽어 있는 선배에게 나는 힘껏 명랑하게 말했다.

"괜찮아요, 선배! 작년은 작년, 올해는 올해. 분명 신입생들이 와 줄 거예요!"

"응, 그래."

코히나타 선배는 쿡쿡 웃었다.

"그러면 모집 활동에 힘 좀 내 볼까."

하지만 우리의 의욕과는 반대로 성과는 제로……. 하교 시간이 되었지만, 한 명도 입부 희망자를 찾을 수 없었다.

"하아……."

나는 혼자서 비척비척 걸으며 버스 정류장으로 향했다.

문득 눈을 드니, 긴 머리를 한 남자 한 명이 눈에 들어왔다.

덩치가 큰 걸 보니 무슨 운동을 하는 사람인 것 같다. 하지만 장발인 걸 보면 딱히 운동부도 아닌 것 같기도 하고.

"상급생……인가."

무서운 얼굴로 저 멀리를 바라보고 있다. 그 표정이 굉장히 어른스러워 보였다.

그 사람이 이쪽을 본 순간, 강한 바람이 불었다. 나무들이 서걱거리며 흔들리는 것처럼 어쩐지 내 마음도 술렁였다.

더 이상 볼 수 없게 된, 그 동영상을 봤을 때와 매우 비슷한 가슴 속 술렁임.

나는 자연히 그 사람에게 다가갔다.

긴장되었다. 부탁해도 안 되면 어쩔 수 없지만.

"저어, 동아리 활동 하세요? 스트라이드부에서 부원 모집을 하고 있는데……."

그 사람의 날카로운 시선 때문에 나는 말문이 막히고 말았다. 가까이 있는데도 어쩐지 저 멀리를 바라보는 것 같았다.

"그 녀석이 시켜서 온 건가?"

그 사람은 천천히 침착한 목소리로 말했다.

그 녀석…… 누구를 말하는 거지?

코히나타 선배? 하세쿠라 선배? 아니면 ──.

"……아니, 신입생이군."

"네! 그래서 스트라이드부에서 부원 모집을 하는데━."

"……너는?"

"네?"

"스트라이드. 안 하나 보지?"

"해요! 할 수 있는 건 뭐든지 할 거예요! 매니저라도 연습은 같이 할 거고, 시합에서도 마음은 선수와 함께인 걸요."

"……훗."

내가 필사적인 태도를 보여서 그런지 그 사람은 살짝 웃었다. 그 미소가 부드러워서 조금 놀랐다.

"저, 저어……."

"그럼 가라. 나 같은 녀석에게 말 거느라 멈추지 마."

"네? 저기, 하지만 스트라이드에 관심이 있으시면━."

"계속 달려라. 네가 달리면 바람이 네 등을 밀어줄 테니까."

"바람?"

무슨 뜻일까?

"너, 이름이 뭐지?"

"사쿠라이예요! 사쿠라이 나나."

"그렇군."

"아, 저기 괜찮으시면 견학만이라도━ 으앗!"

갑자기 누군가가 내 등을 탁 쳤다.

"리코?!"

"죄, 죄송합니다! 제 친구가 폐를 끼쳤네요."

무슨 일인지 리코가 머리를 열심히 숙였다.

"나, 폐 끼치는 짓은 하지 않았……."

"그럼 저희는 볼일이 있어서……. 안녕히 가세요~!!"

"어엇~~~~~!"

리코는 나를 질질 끌다시피 하여 뛰기 시작했다!

모처럼 권유에 성공할 것 같은 분위기……였는지는 잘 모르겠지만 아무튼 설명할 기회를 리코의 맹렬한 뜀박질 때문에 놓치고 말았다.

리코는 어깨를 들썩이며 숨을 몰아쉬었다.

"하아, 하아……. 너, 간이 배 밖으로 나왔니. 그 사람한테 잘도 말을 거는구나."

"간이 배 밖으로 나왔다니……. 좀 무서워 보이는 사람이긴 했지만, 그냥 평범하게 대화만 했는걸?"

"그 사람은 3학년인 쿠가 쿄스케야. 학교에서 알아주는 불량 학생인데, 꽤 유명하다고."

"알아주는? 불량 학생?"

그런 것 같지 않던데.

"거기에다――."

리코가 낮은 목소리로 말했다.

"그 사람, 작년까지 스트라이드부에 있었대."

"엇."

마음이 술렁거렸던 건 그 때문이었을지도 모른다. 그럼 다시 한번 권유하면 혹시――.

하지만 그때 알아차렸다.

'선배가 스트라이드부에는 들어가지 말라고 그랬어.'

그 남학생이 했던 말. 코히나타 선배의 시무룩한 모습. 작년에 스트라이드부에서 일어났던 무엇인가와 그 사람—— 쿠가 선배와 관계가 있을지도 모른다.

"근데 무슨 얘기를 했어?"

리코가 물었다.

"'스트라이드를 좋아한다면, 바람 부는 날에는 서 있지 말고 달리면서 말해라.' 였던가?"

"뭐야, 그게. 시야?"

"으음……."

선배가 했던 말이 도통 이해가 가지 않아서 무슨 말을 했는지조차 잊어버리고 말았다.

"특이한 사람이네……."

"응."

그건 분명하다. 하지만 역시 내겐 나쁜 사람으로 보이지 않았다.

그만둔 것도 무슨 이유가 있을 거다. 하지만 언젠가, 다시 그 사람이 스트라이드부에서 달려 준다면 좋겠다고 기도하지 않을 수 없었다.

06

다음 날 아침.

학교 버스에서 내리자 강한 바람이 불어왔다. 기분 좋은 봄의 돌풍이었다.

"안녕!"

"야가미!"

야가미는 또 뛰어온 모양이다.

오늘도 지각하기 일보 직전이었기에 나란히 서서 잔달음질을 치며 대화를 나누었다.

"이제 다친 곳은 괜찮아?"

"응, 여기 봐 봐!"

야가미가 내민 손등에는 이제 피가 멎어 딱지가 달라붙어 있었다.

"헤헷, 나 상처 낫는 건 빨라—."

"다행이다!"

하지만…… 하고 야가미가 말끝을 흐렸다.

"손수건을 빨았는데 피가 안 지워지더라. 미안해. 새로 사서 돌려 줄게."

"아니야, 신경 쓰지 않아도 괜찮아."

"그럼 미안한데. 뭔가 보답하게 해 줘."

그렇게 말하며 웃는 야가미. 나는 잠시 망설였지만, 각오를 하고 말

을 꺼내 보기로 했다.

"그럼…… 혹시 사정이 된다면 말이지, 우리 동아리에 부원이 부족하거든. 야가미는 달리기도 빠른 것 같고——."

어쩐지 야가미의 착한 마음을 이용하는 것 같아 미안한걸. 그런 마음에 자꾸만 우물거리게 되었다.

하지만 야가미의 얼굴이 환하게 밝아졌다.

"에이, 그런 거라면 나 도와줄게!"

"어, 그래도 괜찮아?!"

"맡겨만 줘. 스포츠라면 카바디 빼고 뭐든 할 수 있어."

"카바디?"

처음 듣는 이름에 궁금증이 일었다.

"응, 그거 혀를 자꾸 깨물게 되니까……."

잘 이해가 가지 않았지만, 힘든 스포츠인가 보다.

"아, 그렇구나."

"혹시 그 동아리, 카바디 하는 곳은 아니지? 그럼 맡겨 줘!"

"정말로?! 저기 말이지, 그게 스트……."

"이런, 종 쳤다!"

내 말을 가로막기라도 하는 것처럼 수업 종이 울렸다. 우리는 서로 마주 보며 더욱 달리는 속도를 높였다.

"난 몸을 움직이는 것밖엔 재주가 없거든. 별 보답은 되지 않을지도 모르겠지만……. 그래도 괜찮다면 얼마든지 도와줄게!"

"고마워, 야가미! 기뻐!!"

야가미는 굉장히 성격이 좋구나. 이걸로 부원 한 명 확보야!

스트라이드부 재개가 조금씩 다가오고 있었다.

바람 부는 날은 서 있지 말고, 달리면서 이야기하면 좋은 일이 있다더니, 그 사람…… 쿠가 선배의 말대로다.

뭔가 그런 말이 아니었던 같은 기분도 들지만, 결과가 좋으니 다 좋은 거지 뭐!

♛

방과 후. 야가미와 함께 부실로 향하던 도중, 운동장에서 후지와라가 다가오는 것이 보였다. 후지와라는 벌써 체육복 차림으로 달리기를 하고 있었나 보다.

후지와라는 야가미를 똑바로 쳐다보았다. 입학식 날, 자기소개를 했을 때도 그랬다. 어쩐지 걱정이 되었지만, 야가미는 전혀 신경 쓰지 않는 모양이다.

"후지와라……였지? 너도 사쿠라이와 같은 동아리야?"

"야가미, 너무 늦게 왔잖아."

후지와라는 야가미의 질문은 무시하고 담담히 말했다.

무슨 뜻이지?

"아, 혹시 후지와라가 먼저 야가미랑 약속을 했다……든가?"

우선 물어보았다.

"그래." "아니."

후지와라는 고개를 끄덕였지만, 야가미는 부정했다. 더욱 영문을 알 수가 없었다.

"앗, 사쿠라이!"

대화가 끊겨 미묘한 분위기에 휩싸여 곤란해 하고 있는데, 선배들이 나타났다. 코히나타 선배와 하세쿠라 선배, 그리고 카도와키 선배였다.

"혹시 부원들 다 모았어?"

"아니요, 아직 한 명 구한 상태라……."

"그럼 한 명은 입부하는구나?! 굉장해, 사쿠라이. 참 잘했어요!"

코히나타 선배가 어린아이한테 하는 식으로 내 머리를 마구 쓰다듬었다.

"역시 사쿠라이라는 이름에 복이 많았던 거군요!"

연극조로 카도와키 선배가 말했다.

"헉! 그건 몰랐네요, 카도와키 씨!"

카도와키 선배와 코히나타 선배가 묘하게 들떠서 이상한 어조로 대화를 나누고 있었다. 무슨 뜻이지? 똑같은 성을 가진 선배라도 있었나?

도무지 이해를 할 수 없는 만담에는 눈길을 주지도 않고 하세쿠라 선배가 야가미한테 다가왔다. 가만히 야가미의 얼굴을 바라보았다.

"너…… 야가미 리쿠냐?"

"맞아요. 그런데 이거 무슨 동아리인데——."

"야가미, 리쿠라고?!"

카도와키 선배와 코히나타 선배가 놀라서 뒤를 홱 돌아보았다. 선배들은 모두 야가미에 대해서 아는 것 같았다.

"……히스, 혹시 이건."

코히나타 선배가 진지한 표정을 지었다.

"아아, 정말 운명적이다."

하세쿠라 선배가 웃는 얼굴로 고개를 끄덕였다.

"???"

야가미와 나는 전혀 영문을 알 수 없다는 얼굴로 마주 보았다. 후지와라는 왜인지 그렇게 놀라지도 않은 것 같았다.

"그렇구나. 대단한 녀석인걸."

야가미가 그렇게 대단해? 라고 의아해하고 있는데, 하세쿠라 선배는 나를 쳐다보기만 했다. 나 지금 칭찬받는 건가…….

"그럼 하는 수밖에 없지!"

하세쿠라 선배의 눈이 빛났다. 할 수밖에 없다고 하면서도 굉장히 기뻐 보였다.

역시 스트라이드부를 부활시키고 싶어 하는 건 나만이 아니었구나……!

"이걸로 러너 5명이 모였으니까……."

"아——— 역시 나도 인원에 포함되는…… 건가?"

카도와키 선배가 끼어들었다.

"당연하지. 이유도 없이 달리기 연습을 시켰겠냐."

"시켰겠냐—!"

하세쿠라 선배를 따라 코히나타 선배가 외치자, 카도와키 선배가 비틀거리며 그 자리에 주저앉았다.

"함정을 파다니…… 코히나타 씨……."

"동아리란 속임수다."

"아얏, *손자를 꺼내 들다니 코히나타 씨, 고전적이야……!"

카도와키 선배는 괴로워하는 건지, 즐거워하는 건지 도통 알 수가 없었다.

"너희는 이제 그 만담은 그만 좀 해라."

하세쿠라 선배가 카도와키 선배를 붙잡아 일으켰다.

"이제 릴레이셔너만 있으면 시합에 나갈 수 있겠네요!"

기쁨에 차서 그렇게 말하자, 야가미의 안색이 싹 변했다.

"리…… 릴레이셔너?"

"응, 이제 한 명 남았어. 릴레이셔너가 있으면 시합을 나갈 수 있어!"

릴레이셔너란 러너가 최고의 타이밍으로 배턴 터치를 할 수 있게 지시를 내리는 가이드를 일컫는다. 스트라이드에서는 매우 중요한 포지션이다.

체력이 필요한 러너와는 달리 분명 더 빨리 찾아낼 수 있을 것이다…….

"그럼 바로 릴레이셔너를 찾으러 가요!"

그때 갑자기 하세쿠라 선배가 내 쪽을 가리켰다.

"릴레이셔너라면 여기 있잖아."

모두가 나를 쳐다보고 있었다.

으응……?

"저요?!"

갑작스러운 지명.

솔직히 내가 릴레이셔너를 하다니 지금까지 상상도 못 해 봤다. 그

---

* 손자병법에 '병법이란 속임수다'라는 말이 있다.

리고 그보다.

"여자도 릴레이셔너를 할 수 있어요?"

"가끔 있어, 여자 릴레이셔너. 과거의 최강 팀에도 있었지."

카도와키 선배의 말이 가슴에 울렸다.

어쩌면 나도 스트라이드를 할 수 있을지도 모른다.

근데 내가 할 수 있을까……

그런 의문이 들었을 때, 그 동영상의 릴레이션 장면이 머릿속에 떠올랐다.

선수와 선수가 이어지는 그 완벽한 릴레이션.

나는—— 그 세계에 가고 싶다.

……그래, 할 수 있을까 없을까가 아니야.

하고 싶은가, 아닌가의 문제지.

"할게요!"

고개를 들고 나는 말했다.

나는 스트라이드를 하기 위해 호난까지 온 거니까.

"그럼 결정이네."

하세쿠라 선배가 씩 웃었다.

"와아!"

호즈미 선배가 웃으며 팔짝 뛰었다.

후지와라는 당연하다는 표정이었다. 내가 그렇게 말할 줄 알고 있었던 것 같다. 카도와키 선배의 얼굴에도 미소가 가득했다. 야가미만 눈을 동그랗게 뜨고 있을 뿐이었다.

하세쿠라 선배가 자신의 가슴에 주먹을 대었다.

"여기에 좋은 바람을, 불게 하자고."

나도 내 가슴에 손을 갖다 대었다.

이제 와서 가슴이 마구 두근거렸다.

"파이팅―!"

코히나타 선배가 주먹을 꼭 쥐고 승리의 자세를 잡으며 밝게 외쳤다.

"이렇게 되면 신입생 환영회를 해야지!"

하세쿠라 선배가 기쁘게 말했다.

신입생 환영회를 해 준다는 건 우리를 환영하겠다는 뜻인가. 잔뜩 신이 나서, 부실을 향해 이동하는 선배들을 따라갔다.

모두가 들떠 있는 와중에, 야가미만이 침묵을 지키는 게 신경 쓰였다.

"야가미?"

"역시 스트라이드…… 때문이구나."

우울한 표정. 혹시 야가미는 스트라이드에 무슨 안 좋은 기억이라도 있는 게 아닐까.

"그러려고 온 거잖아?"

후지와라가 나직이 말하며 야가미를 앞질러 갔다.

"야가미, 여기까지 데리고는 왔지만 억지로 부탁을 할 셈은 아니……."

그렇게 말하려는데 야가미가 내 입언저리에 집게손가락을 척 세웠다.

"괜찮아!"

"정말로……?"

"아니, 나도 스트라이드 좋아해! 설마 호난에서 할 수 있게 될 줄 몰라서 깜짝 놀랐던 것뿐이야!"

야가미의 갑작스런 태도 변화에 나는 살짝 놀랐다.

"……그런 거야?"

"그래. 그리고 지금 난 '사쿠라이의' 도우미니까!"

그리고 자신만만하게 포즈를 취해 보이기까지 했다.

"힘낼게! 사쿠라이의 릴레이션 기대할 테니까!"

"……고마워!"

야가미의 미소에 이끌려 나도 절로 웃음을 지었다. 그래…… 난 이제부터 릴레이셔너로서 노력할 거니까.

우리는 그대로 뛰어서 부실로 돌아갔다.

"호난 스트라이드부 전통의 신입생 환영 행사──!"

"오, 기다렸습니다!"

하세쿠라 선배와 코히나타 선배가 박수를 쳤다.

"신입생 환영 행사에 어떤 전통이 있나요!"

들뜬 마음으로 그렇게 물었다.

"그건 바로 입부 시험입니다!"

코히나타 선배가 예상 밖의 발표를 했다.

"네, 입부 시험이 있어요?!"

그럴 수가. 난 그저 환영회인 줄만 알았는데.

혹시 여기서부터 탈락자가……?!

"호난 스트부는 매년 입부 시험을 치르는 게 관례야. 신입생이 선배들——그러니까 우리한테 지면 곧바로 정식 부원으로 인정하지는 않아. 임시 부원 취급을 하지."

하세쿠라 선배가 신이 나서 설명했다.

"임시 부원은 한 달 동안의 심부름 셔틀 기간을 거쳐야 정식으로 입부를 할 수 있답니다!"

코히나타 선배가 처억! 하고 엄지손가락을 세우며, 교육 방송의 진행자 오빠처럼 말했다.

"셔틀 기간?!"

그건…….

"그냥 선배들이 편하게 지내고 싶어서 그런 거잖아요~."

야가미는 어이없어했다.

"나 때는 힌트도 안 주고 플러시를 사 오라고 시키더라니까—."

하세쿠라 선배가 옛 추억을 되새기는 듯한 눈빛을 보였다.

"플러시?"

"이 주변에서는 저 언덕 아래에 있는 쌀집에서만 살 수 있는 귀한 주스야."

"난 그때 옆 동네까지 찾으러 갔었는데……."

하세쿠라 선배가 씁쓸한 표정을 지었다.

"나는 수박 사 오라는 말을 들었어……. 봄인데 말이야. 벚꽃이 한창 때였는데."

선배들의 말을 들어 보니 상상 이상으로 가혹한 처사를 당하게 되는 모양이다. 후지와라도, 야가미도 입부 시험 괜찮을까? 물론 나도 그렇지만······.

"이기면 될 일이야. 야가미, 하자."

"알아. 나도 안 질 거라고!"

내 불안과는 달리 두 사람은 의욕이 넘치는 것 같았다.

"자신만만한데······? 셔틀로 부려 먹을 보람이 있겠어!"

하세쿠라 선배가 도발적인 웃음을 지었다.

"둘 다, 힘내!"

내 말에 후지와라는 당연하다는 듯 묵묵히 고개를 끄덕였다. 야가미는 "힘내자."라며 활짝 웃었다. 아까 일이 불안해서 얼굴을 올려다보니, 안심시키려는 것처럼 눈썹을 치켜 올려 보였다.

이 둘이라면 분명 괜찮을 거다. 만난 지 얼마 되지 않았지만, 그런 생각이 들었다.

"그럼 어디 스트라이드 해 볼까. 우리와 승부다!"

하세쿠라 선배가 박력 있게 웃으며 말했다.

드디어 시작이다! 우리의 첫 스트라이드다!

♛

하교 시간의 어수선함이 일단락되자, 다시 호난 학원에 조용한 분위기가 감돌았다. 저 멀리서 운동부의 구령 소리가 들려왔다.

국어 교사인 단 유지로는 내일 수업에 쓸 소설의 원작을 살펴보는 중이었다.

그때 교내 방송 스피커에서 노이즈가 흘러나왔다.

《안녕하십니까. 호난 스트라이드부입니다!》

3학년, 하세쿠라의 목소리였다. 교무실이 술렁였다.

《갑작스럽지만 올해 '도' 입부 시험 레이스를 거행하겠습니다. 스트부, 부활할 예정이니 잘 부탁드립니다!》

"이 녀석들이⋯⋯."

읽고 있던 하드커버 도서를 탁 덮고, 단은 일어섰다.

운동장에선 학교에 남아 있던 학생들의 함성이 솟구쳤다.

"스트부, 정말로 부활하는 거냐!"

"인원 채웠나 보지?"

교실 창문에서 아직 남아 있던 학생들이 몸을 내밀었다.

"누가 사진부 불러와!"

학교 전체가 술렁이기 시작했다.

이 감각. 어쩐지 학교 축제를 방불케 했다. 잘 표현할 수는 없지만,

아무튼 좋아하는 감각이다.

그 다음은 일사천리로 일이 진행되었다.

방송부원이나 응원단 학생들까지 모여서 하세쿠라 선배와 사전 상의를 하는 중이었다. 방송 부원은 스타트 신호나 중계, 응원단은 교내 코스에 학생들이 들어가지 않도록 정리하는 역할인 것 같았다.

모든 일들이 3학년 중심으로 이루어졌다. 그렇다는 건 그 동영상의 스트라이드부를 알고 있는 사람들이라는 뜻이다.

'이건 설마……'

스트라이드는 원래 시가지의 길을 이용하는 스포츠. 그런데 놀랍게도 이 호난의 입부 시험은 이렇게 교내에 코스를 설치해서 경기를 한단다. 그게 전통이라고 카도와키 선배가 가르쳐 주었다.

역시 호난은 굉장해.

어쩐지 눈물이라도 나올 것만 같았다.

"굉장한 열기네. 빨리 하교한 애들은 분명 내일 억울해 할 거야."

"리코!"

리코가 다가왔다. 소매에 안전핀으로 고정된 신문부 완장이 눈에 들어왔다.

"다행이다, 나나!"

"응!"

웃으며 대답했다. 리코도 스트라이드는 좋은 뉴스가 될 거라고 기쁘게 웃었다.

"우리 학교도 꽤 적극적인걸."

리코의 말대로다. 부원 모집을 할 때는 다들 냉정한 줄 알았는데,

사실은 그렇지 않았다.

"창고에서 완충재 가지고 와!"

응원단 사람들이 서로 큰 목소리로 외치자, 순식간에 교내 안에 코스가 설치되었다.

《제1코너 완료되었습니다. 오버.》

"라저."

어느새 하세쿠라 선배가 무전기를 손에 들고 이것저것 지시를 내리고 있었다. 그 얼굴이 은근 즐거워 보이는 건 분명 기분 탓이 아닐 거다.

코히나타 선배가 나한테 인터컴을 건네주었다. 헤드폰과 마이크가 하나로 연결되어 있는 물건이었다.

"의, 의외로 하이테크…… 구나."

릴레이셔너가 이런 걸 착용한다는 건 이론적으로 알고 있긴 했지만, 중계방송 화면에는 거의 찍히지 않는다. 실제로 보는 것도, 착용하는 것도 이번이 처음이었다.

"그리고 이건 릴레이셔너의 필수품."

하세쿠라 선배가 A4 사이즈의 태블릿을 건네주었다.

"저어, 이거 어떻게 사용하면 좋을지."

"네 핸드폰과 사용법은 똑같아……. 아, 지금 갈게!"

하세쿠라 선배는 누군가의 부름을 받고 자리를 뜨고 말았다. 핸드폰이랑 똑같다고 해도……. 내 핸드폰보다 훨씬 크기도 크고, 화면에 표시된 앱들도 전부 종류가 달랐다.

"후후후, 사쿠라이 씨, 이건 말이지요……."

카도와키 선배가 잔뜩 신이 나서 사용법을 가르쳐 주었다. 설명에 의하면, 이건 릴레이셔너 전용의 앱. 자기 팀과 상대 팀 주자의 위치나 속도를 알 수 있단다. 반면 러너는 전부 귀에 작은 인터컴을 달고, 릴레이셔너와 연락을 주고받는다. 설명하는 어조가 묘했지만, 참 알기 쉽게 가르쳐 주었다.

"사쿠라이 씨는 이해력이 좋군요, 흠흠."

코히나타 선배가 카도와키 선배의 어깨 너머로 우리를 들여다보면서 고개를 끄덕였다.

"그러니까 너희는 언제까지 그 캐릭터로 가려고……. 그렇게 하다간 인기도 못 얻을걸."

어느 틈에 벌써 돌아온 하세쿠라 선배가 가차 없이 핀잔을 주었다.

""뭐 라아?!""

카도와키 선배와 코히나타 선배는 동시에 비명을 질렀다.

"멤버 전체가 뛰는 정식 경기가 아니라 2대 2 미니 게임이야."

하세쿠라 선배가 다시 한번 각 팀의 인원을 확인했다.

선배 팀	
제1주자	코히나타 호즈미
앵커	하세쿠라 히스
릴레이셔너	카도와키 아유무

루키 팀	
제1주자	야가미 리쿠
앵커	후지와라 타케루
릴레이셔너	나!

"드디어 내가 스트라이드를 하는구나……!"

스트라이드는 5명의 선수가 달리는 타이밍을 모두 릴레이셔너가 지시한다. 릴레이셔너가 내리는 신호를 듣고 스타트한 다음 주자는, 앞을 달리고 있는 러너를 따라잡아 배턴을── 하이터치를 한다. 릴레이셔너는 러너를 '목소리로 이어 준다'.

스트라이드의 주요 포지션.

가슴이 뛰었다.

동경하던 호난에서 지금 내가 릴레이셔너가 되다니.

"……연습도 없이 바로 시작이긴 하지만."

불쑥 튀어나온 중얼거림을 하세쿠라 선배가 들었다.

"그냥 바로 시작하는 거니까 재미있는 법이야."

그런 대답이 되돌아왔다.

"푸훗, 들었어요, 코히나타 씨? 사쿠라이 씨가 쫄았네요."

또 카도와키 선배가 만담을 시작했다.

"카도와키 씨, 이 승부는 우리가 이겼네요─."

거기에 바로 어울리는 코히나타 선배. 정말 사이가 좋다니까.

"이제 인기 따위는 포기했구나……."

하세쿠라 선배가 어깨를 으쓱했다.

《사쿠라이.》

헤드셋에서 나를 부르는 목소리가 들려왔다.

"후지와라?"

《그때와 똑같아. 너는 할 수 있어.》

그때⋯⋯?

후지와라의 말이 너무 알쏭달쏭해서 잘 이해가 되지 않았다.

그래도 후지와라의 근거를 알 수 없는 그 자신감은 나에게 기운을 불어넣어 주었다.

"그래, 맞아. 주눅 들지 마!"

야가미가 몸을 움직이면서 말했다.

"혹시 릴레이션에 실패해서 부딪쳐도 나만 좀 아프고 끝나니까. 왜, 난 상처 낫는 거 빠르잖아."

다칠 수도 있다니까 더 부담이 되는데⋯⋯라고는 차마 말할 수 없었다.

"어쨌든 실패도 안 할 거고, 지지도 않을 거지만. 난 스포츠라면 다 잘 하니까 괜찮아!"

《방심하지 마, 야가미.》

후지와라의 목소리. 대화는 서로 전부 통하게 되어 있는 모양이다.

"알고 있다니까."

후지와라의 주의를 받아넘기는 야가미. 괜찮으려나⋯⋯.

제1주자인 두 사람은 워밍업을 끝내고 계단 홀에 설치되어 있는 스타트 위치에 섰다. 루키 팀의 제1주자는 야가미. 선배 팀에는 코히나타 선배다.

나는 그 옆에서 태블릿을 손에 들고 지켜보았다.

"이렇게 달리는 건 정말 오랜만이다—. 서로 힘내자!"

코히나타 선배가 곁에 있는 야가미한테 말을 걸었다. 그러나 야가미는 집중을 하느라 귀에 잘 들어오지도 않는 것 같았다. 마치 딴 사람처럼 진지한 표정.

"⋯⋯정말 오랜만이야."

희미한 목소리로 야가미가 그렇게 중얼거렸다.

《스타트 10초 전.》

교내 방송을 통해 구령이 들려왔다.

관객들인 학생들의 환성이 솟구쳤다. 그 속에는 단 선생님의 모습도 보였다.

손에 든 태블릿 화면에서 카운트다운이 시작되며 음성 가이드가 흘러나왔다.

《Get set⋯⋯.》

태블릿과 교내 방송으로 동시에 버저 소리가 울려 퍼지며—— 야
가미와 코히나타 선배가 달려 나가기 시작했다.

STEP 01
INTERVAL
SIDE RIKU YAGAMI
야가미 리쿠

「너를 위해 달린다」

나, 야가미 리쿠는 사쿠라이 나나를 돕겠다고 나섰다.

손수건에 대한 보답으로…… 라는 건 핑계고, 뭐든 좋으니까 사쿠라이의 도움이 되고 싶었다.

원래 달리기에 자신도 있었고. 멋진 모습을 보여 줄 수 있을 것 도 같다는 생각도 들었다.

그런데 설마 아직도 '그 동아리'가 남아 있었을 줄이야……. 상상도 못했다.

 (잠깐만 지금 뭐라고 그랬지?)

사쿠라이가 한 말에 사고 회로가 딱 멈췄다.

지금 분명 그렇게 말하지 않았어? '릴레이셔너' 라고.

그럼 부원이 부족하다고 한 건——.

"그래. 스트라이드……구나."

"야가미, 억지로 부탁할 셈은 아니……."

사쿠라이의 표정이 흐려졌다. 나 때문이다.

"괜찮아! 나도 스트라이드 좋아해! 설마 호난에서 할 수 있게 될 줄 몰라서 깜짝 놀랐던 것뿐이야!"

"……그런 거야?"

"그래. 그리고 지금 난 '사쿠라이의' 도우미니까!"

사쿠라이의, 라고 강조해서 말했다. 여기까지 온 이상 각오를 하는 게 좋을 것 같다.

"힘낼게! 사쿠라이의 릴레이션 기대할 테니까!"

"……고마워!"

그렇게 말하며 사쿠라이가 웃었다. 이제야 진심으로 안도한 듯한 미소.

(사쿠라이는 정말 귀엽고, 마음도 착하구나——.)

처음으로 만났던 건 입학식 아침. 아슬아슬한 시간에 교문을 뛰어넘었을 때였다.

다치는 건 매번 있는 일인데도 그렇게 걱정을 해 줘서 깜짝 놀랐다. 굉장히 예쁜 손수건으로 지혈까지 해 주었다.

(이런 애가 반에 있으면 좋겠다 싶었는데 정말로 같은 반이라니.)

같은 반이라는 걸 알고서 사쿠라이는 내게 미소를 지어 주었다. 아까처럼,

"그래서 기뻤어."

"응? 뭐가?"

"아무것도 아니야!"

　　──사쿠라이한테는 말할 수 없지만.

"그렇게 활짝 웃어주는데 어떻게 부탁받고 거절할 수 있겠어."

"흠흠."

"그거야 스트라이드라고 들었을 때는 기분이 미묘했지만……."

"흠흠, 그러면 뭐야. 야가미는 스트라이드를 싫어하나 보지?"

"딱히 싫어하는 건…… 어, 으아아아악!!!"

분위기 파악도 못하고 끼어든 카도와키 선배가 분위기 파악 못하는 질문을 했다.

"그렇게 크게 소리 지르지 마."

"선배 때문이거든요!!"

"싫으면 그만두지 그래?"

"……그러니까 싫은 게 아니라."

싫은 건 아니지만, 하고 싶은 것도 아니다. 어떻게 말하면 좋지.

"일단 먼저 가기나 하세요!"

제대로 말이 안 나와서 도망치듯 모두와 반대 방향으로 달리기 시작했다.

"설마 그 스트라이드부라니."

운동부라면 얼마든지 있는데. 육상이라든가, 배구라든가, 탁구라든가 여러 가지로! 여러 가지로 있잖아!

힘껏 달리다 보니 교문 근처까지 오고 말았다. 나뭇잎들이 땅바닥에 진한 그림자를 드리우고 있다.

가슴이 심하게 뛰는 건 방금까지 뛰어서가 아니다. 목이 말랐다.

 "어쩌지? 나 할 수 있을까?"

——난 스트라이드가 싫은 걸까?

자문자답을 해 보았다.

"응. 아니, 싫은 게 아니야. '그 녀석'을 떠올리면 우울해서 그럴 뿐인걸! 아니, 그렇게 부정적으로 굴면 안 되지. 떠올리지도 않았고! 우울하지도 않아!"

아무도 없는 교문 앞에서 크게 외쳤다.

몇 번이나 그렇게 말하는 사이에 우울함이 조금 날아간 것 같았다.

"그리고—— 도와주겠다고 말했을 때, 사쿠라이가 보여준 그 미소……."

햇살 같이 환한 미소라는 건 바로 그런 거겠지. 보는 사람까지 행복해진다.

사쿠라이가 슬픈 얼굴을 하는 건 보고 싶지 않으니까.

 "아—, 같이 동아리 활동을 할 수 있다니, 완전 럭키!"

 "그렇구나."

 "으앗?! 후지와라!"

같은 반인 후지와라 타케루가 어느새 등 뒤에 서 있었다.

"나도 스트라이드를 할 수 있어서 기뻐."

(너한테 한 말은 아닌데…….)

"난 그저 잠깐 돕기만 할 뿐이야."

"돕기만 한다고?"

후지와라의 눈이 번뜩였다. 도대체 얘는 뭐람?

"괜찮아. 달리기는 잘하니까…….."

"제대로 열의를 갖고 달리는 게 아니라?"

"제대로 달릴 거야. 당연하잖아."

"사쿠라이는 스트라이드가 아니면 안 된다고 그랬어."

"뭐?"

"나도 마찬가지야."

"으음."

"……너는 어떤데?"

"아니…… 나는."

"너도 그렇잖아."

"네가 나에 대해서 뭘 안다고 그런 말을 하는 건데?"

"……몰라. 하지만 알고 있어."

"도대체 무슨 소리를 하는 건지."

후지와라는 그 말만 하고 얼른 자리를 떠났다.

참 이상한 녀석이네.

"나는 사쿠라이를 위해 열심히 스트라이드를 할 거야."

자신에게 들려주듯 그렇게 중얼거렸다.

"사쿠라이를 위해 달리는 거구나."

그렇게 중얼거리자 어쩐지 몸 안쪽에서 힘이 솟구쳤다.

얼굴을 들자 운동장 쪽에서 달려오는 사쿠라이가 보였다.

혹시 나를 쫓아와 준 건가.

 (괜찮아!)

그런 마음을 담아 사쿠라이한테 힘껏 손을 흔들었다.

사쿠라이도 크게 손을 흔들어 주었다.

 (아, 정말 귀엽다!)

후지와라가 사쿠라이한테 대답이라도 하는 것처럼 한 손을 들어 보였다.

 (너한테 손 흔든 거 아니거든!!)

이번 달 ♥ 주목할 남자 01

야가미 리쿠 군(1-C)

프로필CHECK!!

학급	1-C
신장	174cm
체중	58kg
혈액형	B형
동아리	스트라이드부?
취미	스포츠 전반, 멀리까지 산책하기

독자에게 한마디!

「어, 시합 같은 데서
멤버가 부족하면
불러주세요.
열심히 할게요!」

호난에 다니는 매력적인 남학생들을 한 사람씩 집중 취재합니다. 기념비적인 첫 회로 반짝반짝 신입생, 1학년 C반 야가미 군을 모셨습니다.

——먼저 자기소개를 부탁드립니다!

야가미 : 네! 저, 음, 1학년 C반 야가미 리쿠입니다. 좋아하는 건 마루츠루 제면의 반숙 계란 붓카케 우동입니다!

——입학식 날, 닫혀 있는 교문을 뛰어넘어 학교에 들어왔다죠. 운동 신경이 참 뛰어나네요.

야가미 : 응? 어쩌다 들킨 거지. 한 명만 본 줄 알았는데. 그때는 너무 급해서 그냥 힘껏 뛰어올랐더니 의외로 넘을 수 있었죠. 하지만 너무 세게 뛰는 바람에 굴러 넘어졌으니까 운동신경이 좋다는 말을 들으면 좀 찔립니다(웃음).

——취미는 스포츠라고 들었어요.

야가미 : 취미인지는 모르겠지만 좋아해요. 특히 축구처럼 많이 뛸 수 있는 것을요. 아, 근데 수영도 좋아해요! 카바디 이외는 뭐든 할 수 있으니까, 시합 때 인원수가 부족하면 언제든지 불러주세요!

——지금 여자 친구는 있어요?

야가미 : (웃음) 갑자기 질문이 바뀌었네요. 음. 없어요.

——그럼 좋아하는 타입은?

야가미 : ……어—. ……(머리를 긁적인다.) 밝게 웃는 애가 좋다고나 할까.

——첫 데이트로 가고 싶은 장소는?

야가미 : 유원지라든가? 즐거운 곳이요.

——이상적인 퍼스트 키스는?

야가미 : 네? 다들 이상적인 키스라는 게 있나 봐? 그런 건 좋아하는 애와 한다면 무조건 다 좋을…… 것 같아요.

——그럼 마지막으로 그 여자 친구에게 한마디!

야가미 : 없다니까요. 생기면 보고할게요!!(웃음)

호난 스트라이드부, 부활?!

스트라이드부
장기부

방과 후 교내에서 뜻밖의 입부 시험

★
호난

호난월보

제1호

호난학원 신문부

구합니다
신문부원 대모집!
스트라이드부가 재가동하는 지금이
바로 스쿠프 찬스! 저와 함께
호난의 '현재'를 전해 보아요!
(편집부 R)

「호난 스트라이드부가 부활합니다!」
　새 학기가 시작된 지 얼마 되지 않은 어느 날, 방과 후에 그런 목소리가 울려 퍼졌다. 목소리의 주인은 스트라이드부 부장인 하세쿠라 군. 재작년 EOS(엔드 오브 서머/고교 스트라이드 동일본 대회)에서 준결승 진출 후, 그 영광에도 불구하고 무슨 연유에서인지 폐부 위기에 내몰렸던 스트부가 신입부원을 얻어 관례인 입부 시험 행사를 연다. 이 입부 시험은 교내를 이용한 특별 레이스로, 기대하는 학생들도 많다. 시합 결과 및 스트부의 문을 두드린 용감한 1학년에 대해서도 속보가 들어오고 있으며, 이를 전하도록 하겠다.

누구보다도 빨리 입부한 1학년 C반의 후지와라 타케루 군. 그는 효고의 명문 츠루기야 중학교 출신으로, 주니어 스트라이드 쪽에서는 상당히 유명한 선수라고 한다. 그 활약을 기대해 보자.

중학교 스트라이드 에이스 후지와라 군(1-C)도 입부

「취재라. 미안하지만 지금은 시합 준비로 바쁘니까 다음에 하자. 가웅이면 시합 끝난 뒤에, 이긴 쪽에게 히어로 인터뷰라도 해. 이번 신입들은 꽤 괜찮으니까, 어느 쪽이 이기든 재미있을 거야.」

스트부 부부장·하세쿠라 군(3-B)의 말

목소리
스트라이드를 어떻게 생각하나요?

● 1학년 여학생이 스트부에 들어오지 않겠냐고 권유를 하던데. 굉장히 열심히 권해서 미안했지만, 솔직히 호난 스트부는 이제 끝나지 않았나? (2학년 남자)

● 너, 여자애가 권유하러 왔었나. 나한테는 남자가 왔었다고. 아니, 그 후지와라라니까, 갑자기 내 다리를 만지던데, 도대체 뭐냐? 설마 취미? (2학년 남자)

● 선배한테는 말할 수 없지만, 개인적으로 스트라이드 중계는 자주 봤었기 때문에 좋은 것 같습니다. 지지합니다. (익명)

● 스트라이드는 그 거리를 막 뛰어다니는 거? 사이세이 학원은 진짜 멋있던데. 규칙은 잘 모르지만 아무튼 사이세이는 좋아(웃음). (2학년 여자)

● 후지와라 외모가 괜찮긴 하지만, 나는 야가미 쪽이 좋아. 근데 야가미라는 이름을 전에 어디서 들은 것 같은 기분이 드는데. (3학년 여자)

STEP 01

VISUAL NOVEL SERIES
PRINCE OF STRIDE 01

LET THE WIND BLOW

CHARACTERS
사쿠라이 나나 & 주변 사람들

Web에서 찾은 호난 스트라이드부의 동영상에 빠져 자신도 스트라이드를 하고 싶다는 마음에 혼자 상경한 나나. 저돌 맹진형인 그녀를 도와주는 주변 어른들, 그리고 호난에서 만난 새 친구인 리코를 소개.

카와라자키
리코

RIKO
KAWARAZAKI

1학년. 나나의 같은 반 친구로, 신문부의 에이스 기자. 호기심에 따라 스트라이드부의 취재에 전력을 다하고 있다. 카와라자키의 집은 꽤 부유한 집안.

사쿠라이
나나

NANA
SAKURAI

1학년, 릴레이셔너. 본 작품의 주인공. 홋카이도 출신으로 코우이치의 집에 얹혀사는 걸 조건으로 간신히 호난 고교에 입학해도 된다는 허락을 받았다. 주먹밥 만들기가 특기.

사쿠라

SAKURA-CHAN

카페「피리카」의 웨이트리스(?). 완벽한 미모로 팬들도 많다. 괴력의 소유자로 냉장고 정도는 쉽게 들어 올릴 수 있다.

타카하라
코우이치

KOUICHI TAKAHARA

나나의 어머니의 남동생으로, 카페「피리카」의 점장. 특히 커피와 수프 카레를 잘 만든다. 사쿠라와는 대학 시절 때부터 오래 알고 지낸 사이.

스타트를 알리는 전자음이 울려 퍼졌다.

현관홀 바닥을 박차고 야가미와 코히나타 선배가 달리기 시작했다.

야가미의 스타트 대시는 엄청나게 빨랐다. 통학로를 달릴 때와는 전혀 다르게, 진정으로 임하는 달리기였다. 힘차게 바닥을 박차며 날아가듯 앞으로 나아갔다.

반면에 코히나타 선배는 쓸데없는 힘을 다 뺀 부드러운 달리기. 그런데도 스피드는 야가미와 별반 차이가 없었다. 야가미의 뒤를 바짝 따라가는 중이었다.

인터컴을 통해 들려오는 야가미의 규칙적인 호흡. 그 리듬이 흐트러졌다. 바로 뒤에서 바짝 쫓아오는 코히나타 선배를 의식해서일지도 모른다.

입부 시험 코스는 정문 앞의 광장을 가운데 두고, ㅁ 형태를 취하고 있다. 제1주자인 야가미와 코히나타 선배는 지금 우리가 있는 북쪽 교사의 1층, 현관홀에서 스타트. 서쪽 교사를 지나서 남쪽의 정문 앞 광장에서 제2주자인 후지와라와 하세쿠라 선배와 하이터치를 하여 릴레이션(교대). 그리고 두 사람은 동쪽 교사를 빠져나가 또 이 북쪽 교사의 현관홀로 돌아온다.

나와 카도와키 선배는 서둘러 계단을 뛰어올라가 2층의 릴레이셔너 부스로 갔다. 남향으로 난 큰 창문을 통해 릴레이션을 하는 테이

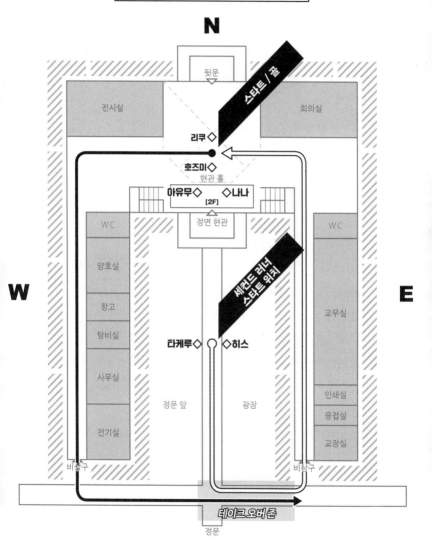

호난 학원 고등학교 스트라이드부 입부 시험 코스 배치도

N

뒷문

전시실

회의실

스타트 / 골

리쿠 ◇

호즈미 ◇

현관 홀

아유무 ◇   ◇ 나나

[2F]

정면 현관

W   E

WC

WC

양호실

교무실

창고

탕비실

세컨드 러너 스타트 위치

사무실

타케루 ◇   ◇ 히스

인쇄실

전기실

응접실

교장실

정문 앞   광장

비상구   비상구

테이크 오버 존

정문

S

크 오버 존이 잘 보이고, 현관홀의 골인 지점도 내려다볼 수 있다.

　서쪽 교사를 달려가는 두 사람의 뒤를 환성이 쫓았다.

　평소에 다니던 교사가 스트라이드의 코스가 되었다.

　"이제 곧이야."

　카도와키 선배가 자신의 태블릿 화면을 가리켰다.

　"네!"

　나도 태블릿을 바라보았다. 학교 건물 배치도 위에 러너의 위치가 아이콘으로 표시되어 있었다.

　"잘 보고 지시를 내려."

　"지시라는 건 어떻게……."

　"스리 카운트를 하고 GO라고 하는 게 일반적이지."

　방송부에서 교내 곳곳에 놓은 Web 카메라를 통해 중계 영상이 태블릿 화면으로 속속 전송되었다. 서쪽 교사 끝에 다다른 야가미와 코히나타 선배가 날카로운 각도로 도는 모습이 나타났다. 육상 경기의 트랙에서는 절대로 있을 수 없는 직각 코너. 여기서 코히나타 선배가 야가미를 앞질렀다. 중계 현장에서 환호성이 솟아올랐다.

　눈앞의 큰 창문으로 테이크 오버 존이 있는 정문 앞 광장에서 릴레이션을 기다리는 후지와라와 하세쿠라 선배가 보였다. 학생들이 교사에서 몸을 내밀며 두 사람을 지켜보고 있었다.

　카도와키 선배가 인터컴에 손을 대었다.

　"세트."

　카도와키 선배의 지시로 하세쿠라 선배가 꿇어앉았다. 크라우칭 스타트 자세. 스타팅 블록은 없었지만, 이게 하세쿠라 선배의 습관일지도 모른다.

"세, 세트."

나도 따라서 인터컴의 마이크에 대고 말했다.

후지와라는 꿇어앉지 않았다. 대신 하세쿠라 선배 옆에서 스탠딩 스타트 자세를 취했다.

제일 먼저 코히나타 선배가 서쪽 교사를 빠져나와 정문 앞으로 뛰어 들어오는 모습이 보였다.

"스리, 투, 원."

카도와키 선배가 카운트다운을 시작했다. 코히나타 선배는 전혀 페이스를 떨어뜨리지 않고 가벼운 리듬으로 정문 앞길을 달려왔다.

"GO!"

카도와키 선배가 짧게 외쳤다.

하세쿠라 선배가 총알처럼 달리기 시작했다. 광장 전체를 이용하여 완만한 커브를 그리며 스피드를 올려 나갔다. 스트라이드에서 가장 중요한 건 구간 기록이 아니다. 최고 속도로 릴레이션을 하는 것이다.

곧이어 야가미가 코히나타 선배와 마찬가지로 서쪽 교사에서 뛰어나왔다. 카도와키 선배가 지시한 것과 같은 타이밍으로 후지와라에게 지시를 하면…….

"스리, 투, 원, 제로."

어라, 제로는 필요 없던가?

"고, 고고GO!"

초조함 때문에 이상하게 지시를 내리고 말았다.

"후지와라, 미안!"

《…….》

그래도 후지와라는 내 GO 신호에 맞추어 망설이지 않고 뛰어나갔다.

"늦었어."

카도와키 선배가 중얼거렸다. 내 지시에 대해 지적을 하나 보다…….

하세쿠라 선배는 충분한 거리를 두고 성큼성큼 달리면서 스피드를 높여 나갔다.

내가 늦은 바람에 후지와라는 거리를 이용하여 스피드를 올릴 수가 없었다. 광장을 똑바로 가로질러 바로 옆쪽 방향으로 진입하여 테이크 오버 존으로 향했다.

"어쩌지……."

"후지와라라면 이 정도는 만회할 수 있을걸."

후지와라는 U-15의 클럽 팀에서 활약했던 스트라이드 선수다. 하지만 괜찮을까…….

테이크 오버 존으로 들어온 코히나타 선배의 뒤에서 스피드를 붙인 하세쿠라 선배가 따라붙었다. 코히나타 선배를 쫓는 하세쿠라 선배. 테이크 오버 존 한가운데에서 코히나타 선배를 하세쿠라 선배가 앞질러 나가면서, 손과 손을 맞부딪쳐 짝하고 높다란 소리를 냈다.

"이어졌다!"

관객의 환성이 카도와키 선배의 목소리를 삼켜 버렸다. 선배는 작게 승리 자세를 취했다.

야가미도 테이크 오버 존으로 들어왔다. 후지와라는 바로 옆쪽에서 야가미의 코스를 향하고 있었다.

이래서는 부딪치겠어!

"위험해!"

반사적으로 외치고 말았다.

야가미가 내 목소리에 반응했다. 리듬이 흐트러졌다. 옆에서 들이치는 후지와라를 보고 대응하려다가…….

"아앗!"

야가미의 뒷발에 후지와라가 걸리는 형세가 되었다.

후지와라가 아슬아슬하게 릴레이션의 베스트 포지션, 바깥에서 야가미를 쫓는 위치를 잡아주었는데 내가 방해를 하고 말았다.

부딪친 두 사람은 한꺼번에 바닥에 나뒹굴었다.

주변을 휩쓸고 있던 환성이 비명으로 바뀌었다.

그 소리가 아득하게 들리는 듯했다.

나 때문이야…….

말이 나오지 않았다.

나 때문에 야가미와 후지와라가……!

후지와라는 바로 일어섰다. 흙먼지를 털면서 야가미를 내려다보았다.

야가미는 일어나지 않았다.

일어설 수 없는 걸까. 어디 다친 걸까.

태블릿을 든 손이 떨렸다.

어서 가 봐야 해.

뛰어나가려던 순간이었다.

누군가가 내 손을 붙잡았다.

"단 선생님!"

"사쿠라이, 넌 여기서 대기해라."

선생님은 그렇게 말하며 나한테서 인터컴을 빼앗았다.

"무슨 일이지?"

단 선생님이 침착하게 물었다.

"죄송해요. 저 때문이에요!"

사과하는 나에게 단 선생님은 눈길조차 주지 않았다. 선생님의 대화 상대는 인터컴 저편에 있었다.

"야가미, 언제까지 그렇게 뻗어 있을 거냐."

대자로 누워 있는 야가미에게 선생님이 엄하게 꾸짖었다. 야가미는 반응할 기색을 보이지도 않았다.

관객들이 야가미 주변으로 모여들었다.

역시 어딘가 다친 것일지도 모른다.

후지와라가 야가미의 다리를 만져 보는 중이었다. 다친 곳이 없는지 확인하고 있는 모양이다. 잠시 후, 후지와라가 손으로 큰 원을 만들었다.

다행이다……. 나는 안도해서 가슴을 쓸어내렸다.

그때, 갑자기 야가미가 온 몸의 탄력을 이용하여 핸드스프링으로 벌떡 일어났다. 들여다보고 있던 후지와라가 뒤로 몸을 젖혔다.

야가미가 일어섰다!

으아아—! 완전 망신이다! 이런 추한 꼴을 보이다니!

야가미 리쿠의 마음속은 분함과 부끄러움으로 가득했다. 도저히 가만히 있을 수 없어서 손을 마구 휘저었다.

스포츠라면 뭐든 할 수 있다고 사쿠라이한테 자신 있게 선언했으면서 이런 꼴이라니……

그대로 주저앉아 버릴 것만 같아 얼른 얼굴을 번쩍 들었다. 그제야 후지와라 타케루의 시선을 알아차렸다.

"맞다, 후지와라. 넌 괜찮아?"

"……당연하지. 열의도 없이 뛰는 너하고는 달라."

타케루의 말투에는 가시가 돋아 있었다.

"아니, 나도 진심으로 뛴 거라고! 다만, 오래간만에 뛰어서…… 감각을 잊은 것뿐이야……."

목소리가 점점 작아졌다. 한심한 변명이다.

내가 머뭇거리지만 않았더라면 릴레이션은 이어졌을 거다.

사쿠라이를 위해 힘내겠다고 다짐했었는데——.

"지고 말았구나."

우리는 그렇다 치고 사쿠라이가 선배들 심부름이나 하는 건 좀 불쌍하다.

"지지 않았어."

불퉁한 표정으로 타케루는 말했다.

"뭐?"

"아직 골 신호는 울리지 않았어."

《그래, 야가미. 아직 스트라이드는 끝나지 않았다.》

인터컴을 통해 단 유지로의 목소리가 들려왔다.

02

하세쿠라 선배가 여유로운 페이스로 달려서 현관홀까지 돌아왔다. 골 테이프를 직전에 두고 등을 돌려 멈췄다. 골은 하지 않겠다는 뜻이다.

"후배의 자폭을 이용해서 이겨 봤자 선배의 위대함을 알려 줄 수 없으니까."

하세쿠라 선배가 2층에 있던 우리를 올려다보며 도발적인 표정으로 말했다. 호흡 하나 흐트러지지 않았다.

"호즈미도 '그렇지—'라는데. 나도 동감이야."

카도와키 선배가 인터컴을 손으로 누르면서 나와 단 선생님을 교대로 쳐다보았다.

"이러면 다시 시작할 수밖에 없겠네. 5분 후에 재시작하는 걸로, 다들 어때?"

카도와키 선배의 말을 듣고, 단 선생님이 고개를 끄덕였다.

"할 수 있겠지?"

선생님이 인터컴에 대고 물었다.

《할게요!》《하겠습니다.》

카도와키 선배의 인터컴으로도 들을 수 있을 정도로 야가미와 후지와라의 대답이 되돌아왔다.

"할게요!"

나도 얼른 외쳤다.

"그럼 결정."

하세쿠라 선배가 하얀 이를 드러내어 보였다. 그러더니 그 자리에서 중계를 하고 있던 방송부원의 마이크를 빼앗았다.

《자, 그런 이유로 5분 후! 다시 스타트를 할 테니까 잘 부탁합니다!》

선배의 마이크 워크에 교내 이곳저곳에서 환성이 터져 나왔다. 모두 우리의 스트라이드를 기대해 주고 있었다.

이번에야말로 정말 잘해야지……. 스스로에게 그런 말을 하고 있을 때, 내 앞에서 단 선생님의 커다란 손이 불쑥 튀어나왔다.

"사쿠라이, 태블릿 이리 내라."

"어⋯⋯."

눈앞이 새카매지는 것 같았다.

태블릿은 릴레이셔너의 증표이다. 태블릿을 빼앗아 간다는 건 릴레이셔너를 하지 말라는 뜻과 같다.

선수들을 넘어지게 만드는 사고를 일으킨 초보자에게 릴레이셔너를 맡길 수 없는 것도 당연하지⋯⋯.

머리로는 알고 있어도 마음이 도저히 따라가지를 못했다. 모처럼 릴레이셔너를 하겠다고 결심했는데. 끝까지 잘 해내고 싶었는데⋯⋯.

나는 바로 태블릿을 넘겨줄 수가 없었다. 잠시 움직이지 못하다가 간신히 입을 다문 채로 태블릿을 내밀었다. 무슨 말이라도 하게 되면 목소리가 떨릴 것 같았다.

그걸 받아든 선생님은 나에 대해서는 신경도 쓰지 않고 익숙한 손놀림으로 태블릿을 조작했다.

태블릿에서 버저가 울렸다. 화면 안에서 야가미와 코히나타 선배의 아이콘이 움직이기 시작했다. 아까 했던 릴레이션 장면을 리플레이한 것이었다.

나는 입술을 꽉 깨물며 그 리플레이 화면을 들여다보았다.

카도와키 선배가 느긋한 목소리로 설명했다.

"테이크 오버 존에서는 충분히 스피드를 낸 상태에서 앞의 러너를 앞지르는 게 최고로 중요해."

태블릿에 코히나타 선배와 하세쿠라 선배의 릴레이션이 리플레이 되었다.

내가 봐도 정확한 타이밍인 것 같았다.

"릴레이셔너가 GO 신호를 너무 빨리 주면, 먼저 달리고 있던 러너를 기다리지 않으면 안 되니까 결과적으로 배턴 터치가 늦어져. 반대로 신호를 너무 늦게 주면 최악의 경우, 앞의 러너를 따라갈 수 없게 되지."

카도와키 선배의 설명을 듣고 있자니 머릿속에 이미지가 떠올랐다.

야가미를 후지와라가 쫓아가서 테이크 오버 존의 막바지 즈음에서 하이터치를 하게 만드는 이미지다.

단 선생님은 인터컴을 사용하여 야가미와 후지와라한테 조언을 해 주는 중이었다.

"야가미, 무슨 일이 일어나도 동요하지 마라. 스트라이드는 신뢰를 바탕으로 하는 스포츠니까. 그저 똑바로 달리기만 하도록."

"후지와라, 야가미를 너무 얕보지 마라. 야가미의 속도라면 해낼 수 있었을 거다."

두 사람이 대답을 했는지, 인터컴도 없는 나는 알 수가 없었다.

《스타트까지 앞으로 1분.》

교내 방송의 스피커에서 방송부원의 목소리가 들렸다. 관객의 술렁임이 한층 더 커졌다.

야가미는 '난 사쿠라이의 도우미니까!' 라고 말해 주었다. 그런데 내가 스트라이드를 할 수 없게 되어 버리다니……

자신의 뺨을 찰싹 때렸다.

난 아직 할 일이 있다. 단 선생님의 릴레이션을 이 눈으로 보고 리듬을 익히는 거다. 앞으로 또 릴레이셔너가 될 수 있도록.

"사쿠라이."

단 선생님이 태블릿과 인터컴을 쑥 내밀었다.

"어?"

이번에는 머릿속이 새하얘졌다.

"릴레이셔너는 너다."

선생님은 나를 똑바로 쳐다보고 있었다.

서서히 기쁨이 차오르는 게 느껴졌다.

선생님은 처음부터 나한테 맡길 생각이셨구나……!

"가, 감사합니다. 열심히 하겠습니다!!"

선생님은 아무 말도 하지 않았다. 그래도 그 눈빛은 따스했다.

♕

"야가미! 후지와라! 정말 미안해. 괜찮아?!"

인터컴을 착용하고 나서 맨 처음에 한 말.

현관홀로 돌아온 야가미가 2층 부스에 있는 나를 보고 활짝 웃으며 손을 흔들어 주었다.

"괜찮아! 다시 한번 더 힘내자!"

그것만으로 구원을 받은 기분이 들었다. 이제 더 이상 망설이지 않을 거다.

《사쿠라이.》

후지와라의 목소리가 인터컴을 통해 흘러들어왔다.

《지시는 쓰리, 투, 원, GO로 통일해. 알았지?》

"응!"

후지와라의 말에 정신이 바짝 들었다. 말투는 딱딱했지만, 후지와라는 아직도 나를 릴레이셔너로 생각해 주고 있었으니 말이다. 그게 기뻤다.

야가미와 코히나타 선배가 다시 스타트 위치에 섰다.

《Get set……。》

스타트 카운트다운이 교내 방송과 태블릿 양쪽에서 시작되었다.

가슴이 높다랗게 뛰었다. 아직 릴레이셔너를 할 수 있다.

"GO!"

버저 소리와 함께 나는 외쳤다.

스트라이드가 시작되었다.

야가미는 시원하게 스타트 대시를 하며 달려 나갔다. 아까 전에 말한 대로 몸은 괜찮은 모양이다. 진심으로 안도했다.

레이스의 전개는 이전과 비슷하긴 했다. 야가미가 스타트에서 선행하고, 코너에서 코히나타 선배가 앞질렀다.

코히나타 선배가 먼저 서쪽 교사에서 빠져나왔다. 테이크 오버 존까지 앞으로 조금밖에 남지 않았다. 야가미는 코히나타 선배의 뒤를 엄청난 속도로 쫓았다. 이전보다도 거리가 다소 가까웠다.

관객들이 흥분에 휩싸였다.

"세트."

정문 광장에서 후지와라가 스타트 자세를 잡는 게 보였다. 이 거리에서는 어떤 표정을 짓고 있는지 전혀 알 수가 없다. 하지만 후지와라가 내 쪽을 올려다본 순간, 눈과 눈이 마주쳤다.

머릿속에서 그려 보았다. 야가미와 후지와라가 하이터치를 올리는 장면을.

주변에서 소리가 사라졌다. 눈에 들어오는 건 야가미와 후지와라, 단 두 사람 뿐.

"쓰리, 투, 원······."

머릿속 이미지대로 지시를 내렸다.

"GO!"

내 목소리를 듣고 후지와라가 뛰기 시작했다.

점차 스피드를 올려 나갔다. 이게 후지와라의 진정한 스타트 대시. 스피드가 최고조로 올랐을 때, 테이크 오버 존에서 야가미와 나란히 섰다.

딱 맞는 타이밍.

힘을 주어 손을 꽉 쥐었다.

괜찮아. 분명, 꼭 이어질 거야.

한순간이 길게 느껴졌다.

후지와라가 점점 야가미를 따라잡더니,

그리고——.

앞지르는 동시에 후지와라가 든 손과 야가미의 손이 맞부딪쳤다.

"이어졌다!"

이미지대로의 릴레이션. 후지와라가 테이크 오버 존을 뚫고 동쪽 교사로 뛰어들었다.

소리와 함께 주변의 풍경이 되돌아왔다. 후지와라가 환성과 함께 동쪽 교사 안을 달렸다.

"제법이네. 다 쫓아왔잖아."

카도와키 선배의 말을 듣고 처음으로 선배들을 따라붙었다는 걸 알았다.

너무 집중하느라 코히나타 선배와 하세쿠라 선배의 릴레이션을 신경 쓸 여유도 없었다.

하지만 하세쿠라 선배가 아주 살짝 앞서 나가는 중이었다. 아주 조금의 차이인데도 그 차가 좀처럼 좁혀지지 않았다.

환성이 점차 가까워졌다. 곧 있으면 후지와라와 하세쿠라 선배가 골인 지점인 현관홀로 이어지는 직각 커브를 돌 거다.

하세쿠라 선배는 신발 밑창을 울리면서 대담하게 큰 커브를 그리며 코너를 돌았다. 후지와라는 스피드를 유지한 채 짧게 돌아 뒤를 쫓았다.

코너를 빠져나왔을 때, 두 사람은 나란히 서 있었다.

마지막 직선 코스를 타고 순식간에 현관홀로 두 명의 러너가 질주해 왔다.

그리고 골인!

폭발하는 듯한 환성이 교내를 뒤흔들었다.

"누가 더 빨랐어?" "1학년?" "당연히 히스겠지."

그런 말이 오갔다.

내가 보기에는 거의 똑같아 보였다.

"이건 동착······이네."

카도와키 선배가 그렇게 말하며, 2층의 릴레이셔너 부스에서 1층을 향해 태블릿을 들어 보였다.

두 사람의 골 타임 기록이 눈에 들어왔다.

"동착!"

내가 크게 외쳤다. 주변 학생들 사이에서 굉장해! 하는 외침이 솟아 올랐다.

"스트라이드에서 동착은 아주 드물긴 하지만, 없는 건 아니야."

카도와키 선배가 그렇게 설명해 주었다.

계단을 내려가 1층의 골로 향하니 숨을 헐떡이며 후지와라가 다가 왔다.

"······이번에는 힘껏 달릴 수 있었어."

진솔한 말. 그 말에 가슴이 꽉 조여지면서 자연히 눈물이 샘솟을 것 만 같았다.

"응, 즐거웠어."

제대로 심정을 표현하지 못하고 나는 그렇게 대답했다.

"맞아."

후지와라가 살짝 미소를 지었다.

"후지와라~!"

하세쿠라 선배가 뒤에서 내리누르는 것처럼 후지와라의 어깨를 덥 석 감쌌다.

"제법이잖아. 무승부니까 셔틀은 무효네."

하세쿠라 선배의 웃음과는 대조적으로 후지와라의 얼굴은 어두웠다.

"……동착이라도 진 겁니다."

"뭐?"

"호흡 하나 흐트러지지 않았잖아요."

후지와라는 거칠게 숨을 몰아쉬면서 간신히 말을 짜냈다. 전력 질주했음에도 불구하고 하세쿠라 선배는 평소와는 변함없었다. 엄청난 체력이다.

후지와라의 말을 듣고 하세쿠라 선배는 홋 하고 웃었다.

"힘내라, 1학년."

하세쿠라 선배는 몸을 떼어내며 후지와라의 등을 탁 쳤다.

"하지만 심부름 셔틀은 없는 걸로. 그리고 10m만 더 있었으면 제가 이겼습니다."

호흡을 가다듬으며 후지와라가 말했다.

"그렇죠, 선배?"

"하하! 하여간 빈틈이 없다니까. 그렇지만 승부에 'if'라는 건 없어. 무승부야."

"하세쿠라 선배, 즐거워 보이네—."

카도와키 선배의 말대로 말투는 거칠었지만, 하세쿠라 선배의 목소리는 잔뜩 들떠 있었다.

"사쿠라이, 해냈구나!"

기운차게 돌아온 야가미가 환히 웃으며 손을 번쩍 치켜들었다. 나도 따라서 손을 들어올렸다.

"이걸로 심부름 셔틀은 무효구나!"

"응!"

크게 하이터치. 기분 좋은 소리가 울렸다. 우리는 서로 마주 보며 웃었다.

골인 직후의 흥분으로 들끓는 공기를 단 선생님의 냉랭한 질책이 썩둑 베어 버렸다.

"그럼 하세쿠라. 이건 도대체 어찌된 일인지 설명을 해 보겠나?"

"어, 단 선생님."

하세쿠라 선배가 몸을 젖혔다.

"나한테 한마디 상의도 없이……. 너희 마음대로 활동하지 말라고 했을 텐데."

당황하는 나에게 카도와키 선배가 귀띔을 해주었다.

"단 선생님은 스트라이드부 고문 겸 코치야."

역시 그랬구나!

"이건 딱히 스트라이드부의 활동으로 한 게 아닙니다."

하세쿠라 선배는 선생님의 책망에도 동요하지 않고 태연히 대꾸했다.

"뭐라고?"

"저기, 히스."

돌아온 코히나타 선배가 얼른 끼어들었다. 우리 1학년은 돌아가는 상황을 그저 지켜볼 수밖에 없었다.

하세쿠라 선배는 씩 웃었다.

"이제까지는 스트부라고 하기도 민망했죠. 호난 학원 고교 스트라이드부는 지금 여기서 새롭게 탄생한 겁니다!"

라고 득의만만하게 선언했다.

"궤변이군."

선생님은 나직이 받아쳤다.

"가차 없네!"

코히나타 선배와 카도와키 선배가 합창했다.

"픔."

야가미가 웃음을 터뜨렸다.

역시 호난에 오길 잘했다. 스트라이드부도 부활했고, 단 선생님 같은 멋진 고문&코치 선생님도 있다. 동영상에서 본 그 릴레이션도 분명 단 선생님의 코치겠지. 정말 마음이 든든하다.

문득 정신을 차리니 단 선생님이 내 쪽을 바라보고 있었다.

"단 선생님, 정말 감사합니다!"

"신생 스트라이드부란 말이지."

선생님의 어조에서 냉랭함은 더 이상 느껴지지 않았다. 안경 안쪽에 숨어 있는 진의는 읽어낼 수 없었다. 그러나 단 선생님은 곧 이렇게 말해 주었다.

"할 거면 반드시 이겨라. 알았나?"

"네!"

모두 함께 대답을 했다. 하지만 야가미는 혼자 입을 다물고 자신의 발끝만 바라볼 뿐이었다.

역시 야가미는 도우러 온 것뿐이니까 입부 시험이 끝나면 그냥 가 버리는 걸까…….

내 걱정과는 달리 야가미는 크게 숨을 들이쉬더니 얼굴을 들었다.

"저, 정식 입부할게요. 함께하게 해 주세요! 부탁드립니다!"

우리를 차례로 쳐다보면서 그렇게 똑바로 말했다.

그 말이 굉장히 기뻐서 가슴이 먹먹해졌다.

선배들이 씩 웃었다. 후지와라는 미간을 확 좁혔다. 뭘 이제 와서……라는 표정이었다.

"당연하지. 아니, 절대로 놓치지 않을 거다."

하세쿠라 선배의 말투는 거칠었지만, 얼굴은 미소로 가득했다.

"야가미, 고마워!"

야가미가 생긋 웃어 주었다. 앞으로 야가미와 함께 스트라이드를 할 수 있구나!

"좋아. 야가미는 빨리 입부 지원서를 써 가지고 와라."

단 선생님이 사무적인 어조로 말했다.

"네!"

"하세쿠라는 반성문을 써 가지고 오고. 원고지 5매 이상이다."

컥, 하고 신음하는 하세쿠라 선배.

"그리고 부원 전원 분의 플러시도."

"음……? 그래, 그렇게 하도록."

단 선생님의 지시와 갑작스러운 카도와키 선배의 제안에 하세쿠라 선배는 어깨를 풀썩 떨구었다.

이렇게 우리의 신생 스트부는 첫 걸음을 내디뎠다.

03

"스트라이드부 부활을 기념하여!"

리코와 나는 쨍하고 잔을 부딪쳤다. 차가운 카페오레로 건배!

"아, 굉장히 맛있다! 제대로 된 커피네."

카페오레를 마시며 리코가 눈을 동그랗게 떴다.

"그렇지? 기사 잘 써 줘야 해."

고등학교 새 학기가 시작하고 나서 처음 맞는 일요일. 신문부인 리코가 내가 얹혀살고 있는 카페, 피리카를 취재할 겸 놀러 왔다.

"물론이지. 아, 스트라이드부 쪽도 취재하게 해 줘. 제목은 '스트라이드부 부활의 열쇠, 미인 릴레이셔너를 밀착 취재!' 라는 식으로 갈 거야."

눈을 반짝이는 리코.

"이상한 거 쓰지 마—! 아이 참! 열쇠도, 미인도 아니니까 그런 건
사양이야!"

"농담이야. 부원이 다 모여 스트라이드부 부활. 이제 스폰서만 붙
으면 시합에 나갈 수 있겠다."

"스폰서? 텔레비전에서 이 방송은 어디 협찬으로 보내드립니다,
하는 그거?"

"그렇지. 고교 스트라이드에 스폰서는 필수 아니겠어?"

그러고 보니 그 동영상의 코스를 따라서도 기업의 간판이 늘어서
있었고, 트레이닝복에도 로고가 들어갔던 기억이 난다.

"스트라이드 활동비용은 스폰서가 대 주는 게 기본이야."

큰 쟁반을 들고 사쿠라짱이 다가왔다.

"시합은 주로 시가지에서 이루어지니까. 코스 설치비, 접수 비용,
원정비. 공립 고교의 동아리 비용으로 충당할 수 있는 금액이 아니거
든."

그런 설명을 하면서 쟁반에서 피리카의 강력 추천 메뉴인 수제 디
저트를 내어 주었다. 봄철 타르트에 벚꽃 롤 케이크. 거기에 치즈 케
이크……

"와, 굉장해."

리코가 기뻐했다.

"미인 웨이트리스가 있는 가게, 피리카를 잘 부탁해 ♪"

윙크를 날리는 사쿠라짱에게 "어이!" 하고 카운터 너머에서 코우

삼촌이 타박을 주었다.

"열심히 쓸게요! 쓰게 해 주세요!"

그렇게 말하며 리코는 롤 케이크를 먹기 시작했다.

"스폰서라……."

솔직히 말해 전혀 상상도 안 되는 세계다.

"그런 얼굴 하지 마. 호난 스트부는 전에도 대회에 나갔잖아? 부활했으면 그때 스폰서가 다시 도와주지 않을까?"

입에 케이크를 잔뜩 욱여넣으며 햄스터 같은 표정으로 리코가 말했다.

"그렇구나. 하긴 그렇겠다. 그리고 달달함도 딱 좋은 게…… 으음!"

리코의 말에 기분이 가벼워졌다. 내일 동아리 활동할 때, 단 선생님한테 물어봐야지!

04

"이전 스폰서? 무리다."

솔직한 단 선생님의 말에 내 기대는 산산조각이 나고 말았다.

"또 가차 없네!"

코히나타 선배가 과장스럽게 손으로 얼굴을 가렸다. 방 안의 공기가 묵직해졌다.

"이전 스폰서가 어디인데요?"

분위기는 신경도 쓰지 않고 태연하게 질문하는 야가미는 참 꿍장하다.

"네가 지금 차고 있는 시계 회사."

하세쿠라 선배가 따분하다는 식으로 말했다.

"허억!"

야가미가 스포츠 시계를 찬 손목을 내밀며 괴상한 소리를 질렀다.

"OCEAN's?! 완전 대기업이잖아요!"

그러고 보니 부실 구석에 스톱워치가 한가득 쌓여 있다. 그런 대기업이 스폰서였다니 예전의 호난 스트라이드부는 굉장했구나.

"지금이라도 부탁하러 가요! 저 이 시계 진짜 좋아하거든요."

야가미는 단 선생님한테 달려들 기세였다.

"유감이지만 올해부터 미야기 현에 있는 고등학교의 스폰서가 되었다더군. 스폰서는 한 회사에 한 팀이 불문율이니 말이다."

단 선생님의 설명을 듣고도 야가미는 끈질기게 매달렸다.

"그럼 버스 정류장 앞에 있는 시계 가게라도!"

"리쿠, 넌 그냥 시계가 갖고 싶은 거잖아."

어처구니없어하는 코히나타 선배.

"거기는 안경도 파는데! 후지와라, 안경 어때?"

야가미는 필사적으로 후지와라를 자기편으로 끌어들이려고 했다.

"경기 중에는 렌즈 끼는데."

갑자기 자신에게 돌아온 화살을 태연하게 쳐내는 후지와라는 어떻게 보면 참 대단하다.

"아무튼 시합을 나가기 위해서는 스폰서가 필요하다 이 말이야."

역시 선배답게 하세쿠라 선배가 대화를 정리하기 시작했다.

"사이세이 학원 같은 곳은 스폰서가 왕창 붙어서 돈이 술술 들어올 걸."

코히나타 선배가 스트라이드 잡지를 넘기며 말했다. 페이지에는 붉은 트레이닝복을 입은 사이세이 학원 팀 소개가 실려 있었다.

"사이세이는 현역 연예인들이 다수 재적하는 고교. 스폰서를 구하려면 위해서는 화제를 만드는 것이 중요하지. 그러니까 우리는 우선 장기의 세계에서 유명해지는 것이 어떨까?"

그렇게 말한 카도와키 선배에게 "기각."이라고 모질게 내치는 하세쿠라 선배.

"아무튼 스폰서가 되어 줄 회사를 찾으면 되는 거네요?"

내 말에 후지와라가 흘끔 이쪽을 쳐다보았다.

"어디 염두에 둔 곳이 있나 보지?"

"삼촌 가게에 부탁해 보려고!"

코우 삼촌에게 부탁하면 어떻게 될지도 모른다. 스트부가 활약하면 선전도 될 거고. 잘하면 피리카의 매상도 쭉쭉 올라갈 테니 만만세…….

어디서 꺼냈는지 카도와키 선배가 계산기를 두들겨 댔다.

"시합 회장 준비 비용, 투어 때의 원정비 및 숙박비, 인터컴이나 태블릿 등의 기자재……. 합쳐서 이 정도는 됩니다요?"

표시된 숫자를 세어본 나는 눈을 동그랗게 떴다.

"일, 십, 백, 천, 만………… 어어어엇! 일 년에 이렇게나 돈이 많이 들어요?!"

"아니, 일 년이 아니라 한 시합에 이만큼."

카도와키 선배의 천연덕스러운 대답에 핏기가 싹 가셨다.

"처, 천문부적인 숫자잖아요……! 피리카가 한 트럭 몰려와서 덤벼도 무리일지도……."

"그렇게 말할 거면 천문학적인 거겠지. 그런 게 중요한 게 아니라……."

하세쿠라 선배의 말을 단 선생님이 이어 받았다.

"스트라이드에 대한 이해가 있는 대기업 스폰서가 필요하다는 뜻이다."

"그 사건만 없었더라면……."

코히나타 선배가 중얼거렸다.

"아아, KGB(카게베)……."

카도와키 선배가 꺼낸 뜻 모를 단어가 신경 쓰였다.

"카게베? 그게 뭔데요?"

"설명하지! KGB란 '쿠'가 '*폭력 사건'의 약자로……."

"가위 바위 촙!"

코히나타 선배가 카도와키 선배의 옆구리에 수도를 박아 넣었다. 카도와키 선배가 **"크헉,"**하고 장기판 위에 엎어졌다.

"그 얘긴 하지 마."

하세쿠라 선배가 말하자 진지한 얼굴로 모두는 입을 다물고 말았다.

쿠가 폭력 사건. 쿠가라는 건 그 머리가 긴 선배를 말하는 거잖아……. 하지만 그 이상은 물어볼 수도 없는 분위기였다.

---

* 일본어로 폭력은 '보료쿠'라고 읽는다.

"히스, 그냥 각오하자. 이렇게 된 이상 《D's(디즈) 인터내셔널》에 부탁할 수밖에 없어."

침묵을 깬 이는 코히나타 선배였다.

"……하아."

하세쿠라 선배가 깊은 한숨을 쉬었다.

"D's는 무슨 회사인데요?"

"『허큘리스』, 『아우로라』, 『JSTT』 등을 운영하는 의류업체야."

"네에?!"

거론된 이름은 전부 인기 많은 패션 브랜드였다. 나조차도 거기 파우치를 가지고 있다. 그런 유명 브랜드가 우리 상대를 해 줄까.

"……가기 싫다."

어쩐지 하세쿠라 선배의 반응은 힘이 없었다.

"저어, 일단 가면 어떻게든 되는 곳이에요?"

"되지 않을까? 히스의 누나가 경영하는 회사니까."

"경영?! 사장님이세요?"

놀라는 나에게 코히나타 선배는 장난스러운 미소를 지어 보였다.

"D's의 D는 하세쿠라 다이안의 D인걸."

"아니야. 대악당의 D라고. 대귀축이라고 해도 될 걸."

하세쿠라 선배가 엄청난 소리를 했다. ……어떤 누나이길래.

근데 누나가 그렇게 대단한 곳의 사장님이면 스폰서가 되어 줄지도! 기대에 가득 찬 눈으로 하세쿠라 선배를 바라보자 선배는 더 깊은 한숨을 쉬며 고개를 푹 떨구었다.

"이제 그다지 얽히고 싶지 않은데……."

"선배, 부탁드릴게요!"

내가 말하자 야가미도 "선배!" 하고 외쳤다. 후지와라는 하세쿠라 선배 쪽을 빤히 바라보고 있었다.

쏟아지는 모두의 시선에 하세쿠라 선배가 얼굴을 들었다.

"알았어. 어쩔 수 없으니까. 이것도 다 신생 스트부를 위해서지 뭐."

05

"D's가 스트라이드부의 스폰서가 되어 달라고? 좋아."

여사장, 하세쿠라 다이안의 판단은 순식간에 이루어졌다.

"즈즈즈즉결이라니!"

코히나타 선배가 놀라 이상한 반응을 보였다.

D's의 사무실에 방문한 건 나와 하세쿠라 선배, 그리고 사장님과 면식이 있는 코히나타 선배, 이렇게 세 명. 좋은 향기가 나는 사장실로 안내를 받은 지 아직 1분도 채 지나지 않았다. 다이안 사장님은 박력이 넘치는 여성이었다. 깜짝 놀랄 정도로 키가 크고 모델 같은 미인이었다.

"그런 걸 누나 마음대로 결정할 수 있는 거야?"

그 하세쿠라 선배마저 압도당

하고 있는 판국이었다.

"고등학교 스트라이드 비용 따위 뻔하지. 여유 있어."

카도와키 선배가 두들겼던 계산기에는 그렇게나 0이 많이 붙어 있었는데…….

"하지만 우리가 스폰서를 맡는 이상 꼭 이겨야 해. D's는 승리자의 브랜드니까."

하세쿠라 선배는 흥 하고 콧방귀를 끼며 "그래, 좋아."라고 대꾸했다.

"입으로는 뭐든 말할 수 있는 거 아니니?"

다이안 사장님은 눈빛으로 하세쿠라 선배를 도발했다.

"이번 달 말, 일요일. 키치죠지에서 열리는 스프링 페스에서 첫 시합을 치르는 거야. 우선 거기서 이겨. 그게 절대 조건."

그건 금시초문이었다. 나도 모르게 코히나타 선배와 얼굴을 마주 보았다.

"알았어."

흔들리지 않는 하세쿠라 선배가 든든했다.

다이안 사장님이 크게 입매를 끌어 올리며 미소 지었다.

"그리고 모델도 해 줘야겠어."

"그 소리가 왜 안 나오나 했다."

얼굴을 잔뜩 구기는 하세쿠라 선배. 코히나타 선배도 "모델……."이라고 중얼거리며 핼쑥한 표정을 지었다. 전에 무슨 일이라도 있었나?

"당연하지. 옥외 광고탑 잘 부탁해. 일단 신작의 테스트 촬영부터

시작할 거야. 아, 촬영 일정은 나중에
연락할게."

"벌써 결정이라니!"

코히나타 선배가 항의의 목소리를 높
였다. 이 추진력, 역시 유명 브랜드 사
장님이구나……

멍하게 사장님을 바라보고 있는데,
사장님이 갑자기 내 쪽으로 얼굴을 들
이밀었다.

"귀여운 애네. 실은 얘 때문에 하는
거야?"

갑자기 날아온 그 질문에 나는 당황
하고 말았다.

"어, 저어."

"이 녀석은 우리 팀 릴레이셔너야.
집적거리지 마."

하세쿠라 선배가 얼른 끼어들자 다이안 사장님이 즐겁다는 듯 쿡쿡
웃었다.

그리고 헤어질 때 다이안 사장님이 신경 쓰이는 말을 했다.

"촬영 날에는 야가미도 데리고 오도록 해."

"야가미를 아세요?"

그 사실이 놀라워서 절로 되물었다.

"당연하지. 고교 스트라이드 최강의 러너잖아."

"네에?! 야가미가요?"

몰랐다. 하지만 이제 입학을 했는데 고교 최강이라고……?

혼란스러워 하는 나에게 코히나타 선배가 살짝 귀띔을 해 주었다.

"사쿠라이, 그게 아니야. 사장님은 같은 야가미라도 리쿠가 아니라 야가미 토모에 쪽을 말하는 거야."

"야가미 토모에……?"

"리쿠의 형이야. 호난에는 이제 없어."

흥미도 없다는 식으로 하세쿠라 선배가 말했다.

내 안에서 한 가지 의문이 연결되었다. 야가미가 처음 스트라이드 부라는 말을 들었을 때 곤란해 했던 이유, 형의 일과 무슨 관계가 있을지도 모른다.

♕

"토모에? 응, 지금 미국 유학 중이야."

청소 시간. 빗자루를 움직이던 야가미는 언짢아하지도 않고 바로 대답해 주었다.

물으면 안 될 것 같아서 한참을 고민하다가 그래도 역시 마음에 걸려서 각오를 하고 물어본 건데, 어쩐지 괜한 헛수고만 한 것 같아 스스로가 부끄러웠다. 하지만 물어보길 잘했다.

"유학이라니, 굉장하다."

"굉장히 발이 빨라서, 유학 비용도 저쪽에서 다 대 줘서 미국에 갔어."

자랑스럽게 이야기하는 야가미. 형이 정말 자랑스러운가 보구나.

"사실 초등학생 때, 토모에와 함께 스트라이드를 했어. 나는 중학교 때 그만두었지만."

"왜 그만두었는데?"

"중학교에 들어가니까 다른 스포츠도 재미있어 보였거든. 때린다! 찬다! 뛴다!"

야가미의 몸짓에 웃음을 터뜨리고 말았다.

"또 형이랑 같이 스트라이드를 할 수 있으면 좋겠다."

내 말에 야가미는 으음, 하고 대꾸하더니 복잡한 표정을 지었다.

"토모에랑 같이라……."

웬일로 말끝을 흐렸다.

"그럼 차라리 형제 대결을 해 보는 건 어때?"

"아, 그러는 편이 더 불타오를지도! 사쿠라이, 잘 알고 있는걸!"

야가미는 환히 웃었다.

하지만 사실 이때 나는 아무것도 몰랐다. 야가미 리쿠와 그 형인 야가미 토모에 사이에 커다란 균열이 있다는 사실을.

♛

촬영 당일.

도심의 고급 주택가에 있는 촬영 스튜디오 부지에 스트라이드부 일동이 도착했다.

실은 이게 촬영이라는 걸 야가미와 후지와라한테는 정확히 알리지 않았다.

　'활동의 폭을 넓히는 특별 연습이니까. 한 명이라도 놓칠 수는 없지.'

　하세쿠라 선배가 그렇게 말했기 때문이다.

　'미묘하게 거짓말이라고 할 수도 없는 점이 참 치사하네요, 카도와키 씨.'

　'그러네요. 활동의 폭을 넓힌다는 점에서는 틀린 말이 아니니까요.'

　카도와키 선배와 코히나타 선배의 만담에 휩쓸려 작전에 가담하고 말았다. 내키지는 않았지만…… 정말 미안해!

　"그런데…… 뭐냐."

　하세쿠라 선배가 머뭇거리며 후지와라를 바라보았다.

　"후지와라, 넌 사복이 없냐?"

　모두가 사복 차림인데, 후지와라만 체육복. 완벽하게 혼자 튀고 있다.

　"옷 갈아입을 수고를 덜었을 뿐입니다."

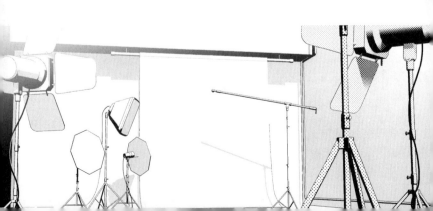

"뭐, 괜찮긴 하다만. 그걸 입고 전철을 타다니, 배짱 있네……."

하세쿠라 선배가 어이없어했다.

야가미는 힘차게 허벅지를 들며 운동을 시작했다.

"근데 이런 곳에 스트라이드를 할 수 있는 장소가 있다니, 몰랐어요!"

야가미는 완전히 착각하고 있었다. 미안해…….

"좋았어, 내가 일등으로 도착할 거야!"

스튜디오로 돌진하는 야가미.

"기다려."

후지와라가 경쟁이라도 하는 것처럼 뒤를 쫓았다.

"어이, 너희……."

하세쿠라 선배의 말은 닿지도 않았다.

둘이 돌진하고 잠시 후……. "으에엑~" 하는 야가미의 가느다란 비명이 들렸다.

"붙잡혔구나……."

코히나타 선배가 쓴웃음을 지었다.

♛

스튜디오 안에 들어가니, 스타일리스트들에게 둘러싸여 헤어스타일 세팅을 받는 후지와라의 모습이 보였다.

"누구세요?!"

카도와키 선배의 외침대로 늘씬한 몸에 턱시도를 입고, 머리 모양도 제대로 갖춘 후지와라는 마치 딴 사람 같았다.

"체육복과의 갭이 엄청난데……."

하세쿠라 선배가 중얼거리자 후지와라는 원망스러운 눈빛을 보냈다.

"전 스트라이드를 하러 왔습니다."

"스폰서 획득도 스트라이드의 일환이야."

"전 모델이 아닙니다."

퉁명스럽게 대꾸하는 후지와라.

"후지와라, 굉장히 멋져."

그 말은 진심이었다. 하지만 그 말을 들은 순간 후지와라의 표정이 굳어졌다.

"아, 근데 미안해. 역시 싫었을 텐데……."

"아니. ……못할 것도 없지."

똑같은 표정으로 후지와라가 나직이 답했다.

"할 거구나!"

코히나타 선배가 바로 태클을 걸었다.

"고마워, 후지와라."

"……됐어."

더욱 굳어진 얼굴로 후지와라가 말했다. 혹시 부끄러워하는 건가……?

스튜디오 안쪽에서 야가미가 뛰어나왔다.

"사쿠라이, 나는? 나는 어때?"

똑같이 턱시도 차림인 야가미. 후지와라와는 다른 느낌으로 참 잘 어울렸다.

"야가미도 정말 멋있어!"

"아자!"

기뻐하며 승리의 포즈를 잡는다. 야가미는 처음부터 할 마음이었나 보다. 다행이다…….

"그럼 오늘은 여러 가지로 입을 옷이 많으니까 다른 애들도 얼른 갈아입으렴!"

야가미의 뒤에서 다가온 사람은 다이안 사장님이었다.

"사장님이 직접 스타일링까지 해 주시다니 굉장하네요."

옆에 있던 하세쿠라 선배한테 그렇게 말하니 선배가 입을 비죽였다.

"그냥 혼자 다 해먹고 싶어서 그런 거야. 전부 혼자 다 하고 싶어서 자기 경호도 본인이 한다니까."

"히스, 다음 이쪽 좀 보고."

앞머리를 내린 하세쿠라 선배는 카메라맨의 지시에 따라 리듬 있게 포즈를 취했다. 진짜 모델 같았다.

"하세쿠라 선배, 진짜 굉장하다."

야가미가 혀를 내둘렀다.

"어릴 때부터 모델을 했대."

오래 알고 지낸 코히나타 선배가 말했다.

카메라맨이 촬영한 사진이 컴퓨터 모니터로 전송되었다. 모니터에서 미소를 짓고 있는 하세쿠라 선배는 완전히 딴 사람이었다.

"왜 저 미소를 우리한테는 보여주지 않는 건지."

카도와키 선배가 유감스럽다는 식으로 말하자 코히나타 선배가 고개를 끄덕였다.

"항상 퉁명스러운 표정만 짓거나, 확 패 버릴까 보다 하는 얼굴인걸 뭐."

"저러는데도 여자들한테는 친절하단 말이지. 아아, 추잡해! 추잡하여라!"

친절하게 대해 준 적이 없었던 듯한……? 아니면 나는 여자에 포함시켜 주지 않는 걸까?

"너희, 다 들리거든?"

하세쿠라 선배가 웃으면서 말했다.

다이안 사장님이 우리 앞에서 스마트폰 화면을 내밀었다.

"참고로 이게 바로 히스의 모델 데뷔 때 사진."

어린 남자애가 예쁘게 옷을 차려입고 생글생글 웃고 있었다.

"천사다!"

"진짜 엔젤이다!"

코히나타 선배와 카도와키 선배가 몸을 배배 꼬며 놀랐다.

"보여 주지 마!"

하세쿠라 선배가 여전히 모델용 미소를 지으며 걸걸하게 고함쳤다. 재주도 좋다.

"코히나타 선배도 모델 한 적 있어요?"

내 물음에 선배는 수줍게 웃었다.

"몇 번 정도. 히스가 억지로 끌고 가는 바람에."

"그렇구나……."

어쩐지 그 상황이 눈에 떠오르는 듯했다.

"오늘도 입어 줘야겠어."

다이안 사장님이 의상을 턱 건네주었다.

"어라, 의상이 잘못된 것 같은데……. 보세요."

코히나타 선배가 펼친 옷은 누가 봐도 여성용 드레스였다.

"잘못된 거 아니야. 평소처럼 잘 부탁해."

다이안 사장님이 먹잇감을 사냥하는 늑대 같은 눈초리로 말했다.

"윽, 싫은데. 무리라니까요."

코히나타 선배가 정색을 하며 열심히 고개를 내저었다.

"오늘은 진짜 여자애가 있잖아요!"

코히나타 선배는 손가락으로 나를 척 가리켰다.

"어이어이어이어이. 그런 각오로 소속사의 문을 두드렸는가, 으응?"

카도와키 선배가 또 요상한 말을 꺼냈다.

"우리 엄마가 아파서…… 돈이 없단 말이에요. 하지만 여장만큼은 좀!!"

"사장님이 입으라고 하시면 입어야지!"

"아니, 진짜 싫다니까!"

두 사람의 만담을 무시하고 스태프들이 솜씨 좋게 선배의 옷을 갈아입히기 시작했다.

나는 얼른 뒤로 돌았다.

"으아악!"

코히나타 선배의 비명에 나도 모르게 다시 돌아보니 다이안 사장님이 선배에게 코르셋을 입히는 중이었다.

코히나타 선배에게 여성용 드레스가 이렇게나 잘 어울리다니.

"허리 이외에 다른 부분은 아주 딱 맞는데요……."

머뭇대는 코히나타 선배. 정말로 치수가 정확하게 들어맞는 옷이었다.

"당연히 오더메이드지. 눈으로 재기만 했는데 딱 맞네."

다이안 사장님이 태연하게 말했다.

"징그러! 히스네 누나, 징그러!"

울먹이는 얼굴로 호소하는 코히나타 선배에게 촬영을 마친 하세쿠라 선배가 힘없이 미소를 지어 보였다.

"포기해라. 먼저 말 꺼낸 건 너니까."

"그럴 수가!"

"괜찮네."라고 연발하면서 다이안 사장님이 여러 각도에서 코히나타 선배를 살펴보았다.

"그래, 이름하여…… '천사의 첫사랑'은 어떨까?"

흐흐흐! 하는 소리가 들릴 것만 같이 활짝 웃는 사장님.

"죽을래. 나, 죽을래."

드레스 자락을 쥐고 내달리려는 코히나타 선배.

"선배, 살아야죠!"

나와 하세쿠라 선배는 필사적으로 코히나타 선배를 뜯어말렸다.

♛

코히나타 선배가 날뛰는 사이에도 촬영은 착착 진행되었다.

"타케루, 괜찮은데!"

후지와라는 평소처럼 아무런 동요도 하지 않았다. 시키는 대로 완벽히 잘 해내는 중이었다.

그게 카메라맨한테도 매력적으로 보였나 보다.

야가미는 평소처럼 웃으며 촬영을 하고 있었다.

"너 정말 처음이니? 전혀 긴장을 하지 않는구나."

"그럼요!"

야가미는 스포츠만 잘하는 게 아니라 이런 것도 잘 해내니 굉장하다.

"그럼 아가씨를 사이에 두고 셋이서 찍어 볼까?"

"전 남자라고요!"

카메라맨의 지시에 코히나타 선배를 중심으로 양 옆으로 야가미와 후지와라가 무릎을 꿇는 구도. 평소의 그 세 사람 같지 않아 마냥 신기하기만 했다.

"아, 맞다. 아유무는 어디로 갔지?"

코히나타 선배가 주변을 둘러보았다.

"코히나타, 시선은 이쪽으로. 그래, 그래. ……턱 쪽에 그림자가 졌네……."

"이러면 될까요?"

은박지를 붙인 원판(반사판이라고 한단다)을 든 사람이 판을 움직이자 코히나타 선배의 얼굴에 부드러운 빛이 닿았다.

"좋네."

"감사합니다."

반사판을 조작하고 있던 건…… 카도와키 선배.

"아유무! 뭘 그렇게 은근슬쩍 반사판 담당을 하고 있는 건데!"

코히나타 선배가 소리쳤다.

♕

몇 번 정도 의상을 바꾸어 촬영이 일단락되었을 때 즈음. 커다란 폭탄이 기다리고 있었다.

"그럼 다음은 사쿠라이."

하세쿠라 선배가 당연하다는 듯 말했다.

"저도 하는 거예요?!"

뒷걸음질 치려는 나의 팔을 다이안 사장님이 덥석 붙들었다.

"너, 갈고 닦으면 빛날 타입이야."

"네? 네? 어어엇—!"

누나, 이 인간…… . 마지막에 센스 있는 일을 저질러주는데?

하세쿠라 히스는 마음속에서 승리의 포즈를 취했다.

히스의 누나는 징그럽지만, 의상 보는 눈은 정확하단 말이지…… .

코히나타 호즈미는 꽉 조인 코르셋 때문에 산소 결핍에 시달리며 그렇게 생각했다.

좋은 다리다…… .

후지와라 타케루의 뇌 속은 심플했다.

우와—! 사쿠라이, 진짜 귀엽다!

야가미 리쿠만은 머릿속에 떠오른 말을 그대로 입 밖으로 꺼냈다.

스튜디오 한가운데에 치어리더 의상으로 갈아입은 나나가 조명 빛을 받으며 서 있다.

"부, 부끄러우니까 빨리 찍어 주세요!"

카메라맨이 촬영을 시작하려고 할 때, 조명의 방향이 바뀌고 말았다.

명당자리를 점하려던 타케루가 조명에 발이 걸렸던 것이다.

"죄송합니다. 코드에 발이 걸렸습니다."

『죄송하긴! 굿잡이다!』

남자들의 마음속 목소리가 일치했다. 왜냐하면 나나를 바라볼 시간이 늘어나기 때문이다.

"지금은 이렇지만…… 얘는 더 빛나게 될 거야. 릴레이셔너로 서도, 여자로서도."

다이안이 의미심장한 말을 입에 올렸다.

"그러니까 너희, 저 애를 잘 갈고 닦아줘. 그게 원석 곁에 있는 남자의 사명이야."

무슨 뜻인지 잘 모르겠다는 표정의 남자들 속에서 리쿠만 얼굴을 붉히며 고개를 숙였다.

♛

내 촬영이 끝난 후(부끄러웠다!), 다음은 기념으로 모두 다 함께 사진을 찍게 되었다.

원래 옷으로 갈아입고 쉬고 있는데, 핸드폰을 대기실에 놓고 왔던 게 기억났다.

"아, 핸드폰 놓고 왔네."

"정말? 내가 가져다줄까?"

야가미가 그렇게 말했다.

"아니야, 괜찮아. 잠깐 갔다 올게."

총총히 뛰어 대기실로 돌아갔다.

도중에 복도에 서 있던 남자에게 눈길을 빼앗겼다. 단정한 외모와 자신감 넘치는 태도. 진짜 모델일지도 모른다.

"시즈마, 이건 뭘까?"

그 사람은 곁에서 부드러운 표정으로 서 있는, 장발의 남자에게 물었다.

"홋카이도의 지역 마스코트, 멜론코네요."

"흐음, 시즈마는 뭐든지 잘 아는구나."

멜론코?

두 사람이 바라보고 있던 스마트폰에는 홋카이도의 지역 마스코트 '멜론코' 의 스트랩이 매달려 있었다. 그는 긴 손가락으로 멜론코 스트랩을 만지작거렸다.

"저기, 죄송합니다! 그 핸드폰 제 건데요."

"아, 다행이다. 저기 떨어져 있었거든."

그가 내민 스마트폰을 받아들었다.

"주워 주셔서 감사합니다."

"다음부터는 조심해, 홋카이도 아가씨."

"홋카이도 아가씨……."

내가 홋카이도에서 자라긴 했지만, 태어난 곳은 도쿄니까 정확히는 홋카이도 아가씨가 아닌데 말이지…….

"홋카이도는 시원해서 참 좋은데. 다음 원정은 홋카이도로 할까, 시즈마."

"레이지 님이 원하신다면 준비해 놓겠습니다."

"나도 멜론코 스트랩 갖고 싶은걸."

그런 대화를 하고 있다.

"또 어딘가에서 만날지도 모르겠네, 홋카이도 아가씨."

왜 이렇게 자꾸 '홋카이도 아가씨'라고 부르는 거지…….

"시간이 다 되었습니다. 스튜디오에 들어가죠. 오늘은 B 스타입니다."

"오늘은 나랑 너뿐이야?"

"다른 멤버들은 먼저 촬영을 끝냈습니다."

"그래? 그럼 얼른 끝내도록 하지 뭐."

그들은 나를 내버려 둔 채 가버렸다.

스튜디오 쪽에서 떠들썩한 소리가 들려왔다. 우리 호난 멤버들이었다.

"사쿠라이, 핸드폰 찾았어?"

야가미에게 핸드폰을 보여 주며 고개를 끄덕였다.

"어라, 아까 있던 사람들…… 사이세이의 스트부 부장이랑 부부장 아니야?"

카도와키 선배가 놀란 얼굴로 말했다.

"그, 그래요?!"

그러고 보니 부실에 비치된 잡지에 실려 있던 사람들과 닮아 있었다. 그럼 원정이라는 건 스트라이드를 말하는 걸까. 촬영도 스폰서와의 계약일지도 모른다.

"제 핸드폰을 주워 줬거든요……."

"스트라이드 얘기라도 했어?"

코히나타 선배가 물었다.

"멜론코 스트랩을 사러 홋카이도로 원정을 가고 싶다는데요."

"그게 뭐야!"

분명히 외모는 연예인 같았지만, 솔직히 잘 이해가 안 되는 사람들이었다.

"빨리 돌아가자. 누나를 기다리게 하면 짜증내니까."

이날은 기념 촬영을 하고 해산했다.

모두가 웃는 얼굴로 찍은 사진. 계속 이렇게 웃으며 활동할 수 있으면 좋겠다…….

나는 이때 찍은 사진을 피리카의 특등석, 엄마 사진 옆에 걸기로 마음먹었다.

06

무사히 스폰서를 구한 호난 스트라이드부는 본격적으로 움직이기 시작했다.

휴부 상태였던 스트부는 사용할 운동장 공간도 없었지만, 다른 동아리와 학생회와 교섭하며 교내의 일부를 이용하여 연습할 수 있게 허가를 받았다.

하지만 매일은 무리라서, 지금은 학교 바깥으로 나가는 로드워크가 중심이다.

그걸 미안해하고 있자,

"딱히 불만은 없어."

후지와라가 그렇게 말해 주었다.

"그래, 그래. 스트라이드는 거리를 달리는 스포츠니까!"

야가미의 말도 든든했다.

동아리 건물 복도에서 스트레칭을 한 후, 운동장 구석에서 릴레이션의 타이밍 연습을 했다. 야가미와 후지와라는 입부 시험 때는 그렇게 잘하더니 막상 연습 때는 잘 연결이 되지 않았다. 두 사람 모두 상대방을 너무 신경 쓰고 있는 것일지도 모른다. 이럴 때, 릴레이셔너는 어떻게 대응해야 좋을까…….

연습 틈틈이 스포츠 드링크를 준비하고 있는데, 운동장과 바깥을 막고 있는 울타리 저편에 오토바이를 세우고 연습을 지켜보고 있는 남자가 있다는 걸 알아차렸다. 긴 머리, 날카로운 시선. 쿠가 쿄스케 선배다.

KGB라고 하는 말이 머릿속을 스쳐 지나갔다. 직접 말을 좀 걸어 볼까 했지만, 하세쿠라 선배나 코히나타 선배가 싫어할지도 모른다…….

쿠가 선배의 날카로운 시선이 내 쪽으로 고정되었다. 눈과 눈이 마주쳤다.

이렇게 떨어져 있는데도, 쿠가 선배가 나를 똑바로 쳐다보고 있다는 걸 알았다.

눈을 떼지 못하고 있자 쿠가 선배가 갑자기 미소를…… 지은 것 같았다.

잘못 본 것일지도 모른다. 당황해서 얼른 고개를 숙이고 말았으니까.

엔진 소리가 나기에 얼굴을 들자 오토바이를 타고 멀어지는 쿠가 선배가 보였다.

쿠가 선배가 스트라이드부에 돌아오는 건 이제 무리일까…….

그런 생각을 하면서 모두가 있는 곳으로 돌아가 보니, 선배들이 잔뜩 흥분한 기색이었다.

"무슨 일이라도 있었어요?"

단 선생님이 전단지 한 장을 건네주었다. 「키치죠지 스프링 스트라이드 페스」라고 쓰여 있었다.

이건 그때 다이안 사장님이 말했던 스트라이드 대회잖아.

단 선생님이 모두를 돌아보았다.

"전원 다 모였으니 발표하지. 시합 상대가 정해졌다. 사이타마의 강호, 미하시 고등학교다."

마침내…… 진짜 시합이 시작되는구나!

STEP 02
INTERVAL

SIDE NANA SAKURAI
사쿠라이 나나

「다 함께 주먹밥」

계기는 후지와라의 도시락이었다.

 "후지와라는 항상 도시락을 가지고 다니는구나."

"그렇지."

"어라? 후지와라는 자취하는 거 아니었어?"

"맞아."

"그럼 직접 도시락을 싸 오는 거네. 요리까지 할 수 있다니 의외다."

"굉장해! ……으으음?"

단조로운 형태의 도시락 통…… 이라고 하기에는 그냥 플라스틱 용기다. 그 내용물을 보고 나는 눈을 의심했다.

"……왜 그래?"

"도시락 반찬이…… 닭 가슴살이랑 무슨 가루 같은 게 있는데……. 조미료야?"

"무슨 비닐봉지에 들어 있는데. 무슨 위험한 가루 같잖아!"

"가루는 프로틴이야. 다른 영양분은 우유와 영양제로 섭취하고 있지."

"맛은 있어? 어쩐지 전부 색깔이 하얀데……."

"그런 건 딱히 신경 쓰지 않아."

"영양 밸런스만큼은 좋아 보이긴 하지만……."

"한 입 먹는다!"

야가미가 도시락 안에 있는 닭 가슴살을 하나 집어 먹었다.

"으윽! 맛이 없어! 게다가 어쩐지 비린내가 나!"

"마음대로 먹지 마."

"후지와라, 닭 가슴살은 술을 좀 뿌려 주면 비린내를 잡을 수 있어."

"……? 술은 안 되잖아. 미성년자인데."

"요리를…… 잘 모르는가 보구나."

그리고 후지와라는 하루가 다르게 야위어 갔다.

"후지와라, 어쩐지 안색이 안 좋아 보여. 식욕도 없는 것 같고."

"……괜찮아. ……."

후지와라는 자신이 조리한 닭 가슴살을 힘없는 눈으로 바라보고 있었다…….

"저 도시락으로 식욕이 나는 것 자체가 무리잖아."

"요리용 술로 닭 가슴살의 비린내는 제거했어."

"그 이전의 문제야."

"역시 제대로 된 도시락을 먹는 게 좋지 않을까?"

"필요 없어. 필요한 영양분은 섭취하고 있으니까."

"설마 자취하면서 세 끼를 전부 이걸로 때운다든가?"

"맞아."

"세 끼가 다 이거야?!"

　이대로 몸이 바싹 마른다면 스트라이드를 하고 있을 때가 아니야! 그래서 나는 일찍 일어나 주먹밥을 만들기로 했다. 주먹밥은 좀 자신이 있으니 말이다. 지각도 하지 않을 수 있고, 일석이조!

　그러고 보니 사쿠라짱이 말했었다. "위장을 사로잡으면 남자 마음은 다 잡은 거랑 마찬가지야!"라고. 사쿠라짱은 항상 그런 말만 한다. 언제는 이런 말도 했었다. "성장기 남자애는 먹어도, 먹어도 배가 고프니까 지나치다! 싶을 정도로 주먹밥을 잔뜩 싸서 가져다 주렴!"이라고.

　그리고 점심시간. 후지와라의 책상 위에 가지고 온 주먹밥을 턱 펼쳐 놓았다.

"이건……."

"제대로 밥은 챙겨먹어야지! 음, 이건 스트부의 릴레이셔너로

서의 부탁이야!"

"……부탁?"

"와아—, 후지와라 좋겠다!"

"야가미도 배고파? 아주 많이 만들어 왔으니까 먹어도 괜찮아!"

주먹밥이 한가득 든 가방을 들어 보였다.

"정말로?! 이거 전부 주먹밥?!"

"응. 먹어, 먹어. 좀 남을지도 모르겠지만."

"그럼 부실로 가자. 선배들, 부실에서 밥 먹는 거 같더라."

"그럼 다 같이 먹을까? 후지와라도 같이 가자."

"……알았어."

부실의 문을 여니 예상대로 선배들이 있었다.

"어라, 너희도 여기서 점심 먹는 거야?"

"선배들이 있을 것 같아서요! 주먹밥 잔뜩 만들어 왔어요. 괜찮으시면 같이 먹어요!"

가방 속에서 부스럭거리며 랩에 싼 주먹밥을 꺼냈다.

"와아! 맛있겠다!"

"풍작이로구나, 백만 석이로구나!"

"땡큐. 매점 가기 전이었는데, 잘됐다."

모두가 주먹밥으로 손을 뻗었다.

"사쿠라이, 이거 진짜 맛있어!"

"뭐야, 이거! 맛있잖아!"

"호오…… 속 재료는 닭 가슴살을 으깬 매실 과육으로 무친 거

로군! 절묘한 맛과 영양 밸런스구료!"

"고슬고슬하게 밥을 적당히 잘 뭉쳐 놓아서 입에 쌀이 녹아내리는 느낌이야. 사쿠라이, 고마워. 정말 맛있어."

"다행이다. 많이 드세요!"

"……"

"혹시 매실장아찌는 싫어해?"

"……아니, 맛있어."

"고마워! 만들어 오길 잘했다."

"후지와라, 엄청 열심히 먹는다."

"…………"

후지와라는 굉장한 기세로 주먹밥을 입에 넣는 중이었다.

"역시 애정을 담은 밥이 제일이지!"

"애, 애정?!"

"왜? 애정 안 담았어?"

"무, 물론 담았죠. 담았어요."

"사쿠라이의 애정……."

"그렇게 강조하지 마!"

"세 개째, 잘 먹겠습니다."

"빠르다!!"

"우리 집은 대가족이라서. 먹는 속도가 좀 빨라."

"……"

"오, 후지와라가 질까 보냐 하는 눈매로 변했다."

"너무 급하게 먹으면 체해!"

엄청난 속도로 주먹밥이 사라져 갔다.

"잘 먹었습니다!"

 "천만에요."

사쿠라짱 말대로 잔뜩 만들어 오길 잘했다!

후지와라도 잔뜩 먹어서 기운을 차렸고. 또 주먹밥 만들어 와 야지.

 "사쿠라이."

하굣길.

항상 얼른 돌아가 버리던 후지와라였지만 오늘은 웬일로 나한 테 말을 걸었다.

 "왜 그래, 후지와라?"

 "……고마워."

 "응?"

"이제껏 먹어 본 적도 없을 정도로 맛있었어."

 "에이, 그 정도는 아니야. 하지만 나야말로 고마워."

 "……."

아, 이거 부끄러워하는 얼굴이다.

그날, 버스가 올 때까지 후지와라는 프로틴 종류에 대한 이야 기를 들려주었다.

EXTRA INTERVAL

SIDE NANA SAKURAI / RIKU YAGAMI / TAKERU FUJIWARA

사쿠라이 나나 / 야가미 리쿠 / 후지와라 타케루

「처음으로 보내는 *메일」

Side : 사쿠라이 나나

입부 시험이 끝난 날, 하굣길.

나는 야가미, 후지와라와 함께 버스 정류장으로 걷고 있었다.

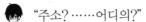 "맞다, 후지와라. 메일 보내게 주소 좀 가르쳐줘."

"주소? ……어디의?"

"그것부터 묻는구나?! 아니, 핸드폰 메일 주소 말이야. 갖고 있지?"

"알아. 왜 나랑?"

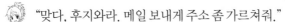 "아니, 여러모로 편리하잖아. 그리고 뭐 어때. 얼른 주소 교환

---

* 일본에서는 전화번호를 통한 문자 메시지(SMS)보다 휴대폰 전용 메일 주소를 통한 메시지 전달이 일반적이다.

이나 하자."

"……."

"왜 입을 다무는 건데."

"아, 나도 교환하면 안 될까?"

"알았어."

"사쿠라이한테는 바로 대답하는 거야?! 그리고 사쿠라이, 나, 나도 교환하고 싶어!"

"물론이야."

"우와아, 해냈다―!"

"앞으로 여러 가지 연락할 것 같으니까."

"자, 후지와라도 빨리 핸드폰 꺼내!"

그리고 각자 핸드폰을 꺼냈다.

스트부 관련 연락만이 아니라 일상 대화도 많이 나눠서 조금씩 모두와 친해지고 싶다.

"이걸로 됐지?"

"오케이! 다음, 후지와라."

"그래."

후지와라가 스마트폰 화면을 켰다. 어쩐지 조작이 서툰 것 같았다.

"가르쳐 줄게. 잠깐 핸드폰 이리 줄래?"

"부탁해."

"엇, 치사하게!"

"? 뭐가?"

"아, 아무것도 아니야!"

우리는 메일 주소 교환을 하고 헤어졌다.

그날 밤. 자기 전에 핸드폰을 꺼냈다. 어디 한번⋯⋯ 메일을 보내 볼까.

Side : 야가미 리쿠

"메일 왔다! 사쿠라이한테서 온 걸까?!"

《오늘 고생 많았어! 입부 시험 때 스타트 대시, 멋있었어!》

"와아아~~~~~!! 완전 기분 좋다!"

실수로 삭제하는 일이 없도록 보관 설정을 했다. ⋯⋯나, 너무 필사적인 거 아닌가? 에이, 뭐 어때. 첫 메일이고, 게다가 나보고 멋있다고 그러잖아.

"근데 더 멋진 모습 보여주고 싶었는데."

입부 시험, 첫 릴레이션에서 실수를 했다. 사쿠라이는 처음이기도 했고, 내가 더 잘해야 하지 않았을까. 어쩐지 기분이 개운하지 않았다.

"하지만 이제 와서 어쩌겠어. 자, 다시 정신 차리고 다음! 다음에 꼭 사쿠라이한테 멋진 모습 보여 줘야지—!"

그 기세로 얼른 핸드폰의 회신 버튼을 눌렀다.

《고마워! 함께 힘내자!》

"사쿠라이⋯⋯ 후지와라한테도 메일 보냈으려나. 아마 보냈겠지."

어쩐지 가슴 한 구석이 따끔거렸다.

Side : 후지와라 타케루

"음?"

웬일로 핸드폰이 진동했다. 메일 알림이다.

서투른 조작으로 메일 아이콘을 누르자 「from : 사쿠라이」라는 표시가 나타났다.

《앞으로도 잘 부탁해! 좋은 릴레이션을 할 수 있게 노력할게.》

"……답장을 보내야지……."

회신 버튼을 누르려다가 손을 멈췄다.

무엇을 쓰면 좋을지 통 알 수가 없었다.

메일 답장을 한 적은 거의 없었다.

핸드폰을 주머니에 넣고, 야간 달리기를 하러 나갔다.

밤바람이 시원해서 마음이 진정되었다. 규칙적인 발소리를 내며 앞으로 나아갔다.

"다시 스트라이드를 할 수 있어. 나와 야가미, 그리고 사쿠라이가……."

오늘 두 번째의 릴레이션은 최고였다. 이 감각을 아니까 스트라이드에서 벗어날 수가 없다.

"……한 번 더 돌고 들어가야겠다."

봄의 밤공기에 휩싸여, 주머니 속 핸드폰만이 뜨거운 느낌이

들었다.

Side : 사쿠라이 나나

"흐아암…… 시간이 벌써 이렇게 됐네."

내일도 일찍 일어나야 하니까 얼른 자려고 불을 껐다. 스마트
폰에서 메일 수신음이 들렸다. 열어보니 한마디.

《나야말로 잘 부탁해.》

"후후, 후지와라답네."

후지와라의 메일과 야가미의 메일이 사이좋게 나란히 저장되
어 있었다. 스트라이드부라고 이름을 붙인 폴더. 앞으로 메일로
가득 차면 좋겠다.

내일도 모두와 만날 수 있다.

어쩐지 기대감으로 가슴이 두근거렸다. 스트라이드부를 생각
하며 나는 잠들었다.

　호난에 다니는 매력적인 남학생들을 매회 한 명씩 철저히 소개하는 코너. 제2회는 스트부 입부 시험에서 성실히 달리기에 전념했던 후지와라 군의 등장입니다!

——입부 시험때, 안경을 쓰지않았던데요?
후지와라 : …….
——고개만 끄덕이면 지면상으로는 알 수 없는데요. 가급적이면 말을 해 주세요.
후지와라 : 달릴 때는 콘택트 렌즈.
——그렇군요. 그럼 다시 한번 자기소개 부탁드립니다.
후지와라 : 후지와라 타케루. 스트라이드부입니다.
——중학생 때부터 스트라이드 선수로서 전국적으로 유명하던데요!
후지와라 : ……스트부, 부원 모집합니다. 부실은 2층 끝.
——……. 아니. 다시. 참고로 지금 여자 친구는 있나요?
후지와라 : 필요 없습니다.
——그럼 좋아하는 타입은?
후지와라 : 괜찮은 다리를 가진 사람.
——설마 다리 페티시라도 있어요?!
후지와라 : 너도 나쁘지 않아.
——흐어어억?! 빤히 보고 있잖아!!
후지와라 : 릴레이서너는 이미 있으니까 러너 모집합니다. ……야가미, 너도 좀 열의를 갖고 해.

이번 달 ♥ 주목할 남자 **02**

후지와라 타케루 군(1-C)

독자에게 한마디!

「스트라이드……
꽤 재밌어.」

프로필 CHECK!!

소속된 반	1-C
신장	176cm
체중	61kg
혈액형	A형
취미	신체 관리 및 위생적 조리

교내를 달린 한 줄기 바람

스트라이드부 입부 시험에 불타오르는 호난인

방과 후, 교내 안에서 하세쿠라 히스 군(3학년 B반)이 이끄는 스트라이드부의 입부 시험 레이스가 거행되었다. 신문부가 입수한 속보를 종합 정리하여 전달하겠다.

스트라이드부가 매년 신입부원의 환영 행사로 실시하는 이 시합. 참가자는 하세쿠라 히스 군, 코히나타 호즈미 군(2학년 D반), 카도와키 가유무 군(2학년 C반), 신입생인 후지와라 타케루 군, 야가미 리쿠 군, 사쿠라이 나나 양(신입생 모두 1학년 C반).

【선배 팀】러너① 코히나타, ② 하세쿠라. 릴레이셔너 카도와키

【신입생 팀】러너① 야가미, ② 후지와라. 릴레이셔너 사쿠라이.

이 멤버 구성으로 시합이 이루어졌다.

첫 번째 경기에서는 야가미와 후지와라가 하이터치 실수로 넘어지는 사고가 발생했지만, 두 번째에는 양 팀 모두 단 한 걸음도 양보하지 않았다. 교내에 남은 학생들의 열렬한 환성 속에 하세쿠라, 후지와라가 동착으로 골인했다.

달리는 러너의 모습밖에 보지 못한 학생도 많겠지만, 이번에는 1학년 여학생이 릴레이셔너로 참가했다. 스트부 고문인 단 선생님의 이야기에 의하면, 여자부원은 사상 처음.

최근 부원 부족으로 힘들어 하던 스트부에 있어 올해는 새로운 역사가 개막될 것으로 보인다. 앞으로의 활약을 기대해 본다.

시합을 마친 스트부 부원의 소감을 들어 보자.

【사쿠라이 양의 소감】
"어, 긴장만 했어요. 그래도 굉장히 즐거웠어요. 역시 호난의 스트라이드는 굉장해요!"

【코히나타 군의 소감】
"히스…… 아, 부장이 버텨 주지 않았으면 졌을지도 몰라요(웃음). 세 명 모두 앞으로 기대가 되네요."

【야가미 군의 소감】
"재미있었어요! 동착이라 안심했어요. 졌으면 심부름 셔틀 당첨이었거든요. 저나 후지와라는 괜찮지만, 사쿠라이까지 셔틀 노릇을 하게 놔둘 수는 없어서 힘냈습니다!"

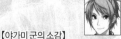

호난월보

【제2호】

호난학원 신문부

매점에서 알립니다

☆호난 봄빛이 빵 축제☆
입학 축하 캠페인으로 신입생에 한정하여 빵을 10엔 할인 중. 주먹밥을 더 좋아하는 당신도 매점에서 어서 오세요.

STEP 02

VISUAL NOVEL SERIES
PRINCE OF STRIDE 01

YOU MAKE ME

CHARACTERS
호난 스트부 1학년 & 코치

나나와 같은 시기에 스트라이드부에 입부한 1학년 두 명은 성격도, 스트라이드에 대한 열정도 전부 달라서 틈만 나면 부딪친다. 그리고 그들을 냉정히 바라보는 코치, 단. 그는 세 1학년의 담임 선생님이기도 하다.

야가미 리쿠
RIKU YAGAMI

1학년, 러너. 스포츠 만능에 활발한 성격을 가진 남자애. 나나에게 호감을 갖고 있지만 잘 전하지 못하고 있다. 형인 토모에와 함께 주니어 스트라이드 팀에 들어가 있었지만 중간에 그만두었다.

후지와라 타케루
TAKERU FUJIWARA

1학년, 러너. 고베의 주니어 스트라이드 팀 출신. 호난에 들어가기 위해 상경하여 현재 혼자 자취 생활 중. 스트라이드 이외에는 거의 관심도 없어, 다른 사람들과 감각이 좀 다른 경향이 있다. 정작 본인은, 신경 쓰지 않는다.

단 유지로
YUJIRO DAN

국어 교사, 스트라이드부 코치. 항상 트레이닝복 차림이며, 아직 젊은데도 불구하고 나이 든 분위기가 풍긴다. 웃는 얼굴을 본 학생은 거의 없다.

STEP 03

VISUAL NOVEL SERIES
PRINCE OF STRIDE 01

RUN FOR YOUR RIGHT

오늘의 연습 장소는 체육관!

청소 당번 일을 마치고 체육관으로 뛰어가 보니 안에서 웃음소리가 들려왔다. 스트라이드부 모두는 잡담을 하면서 워밍업 중이었다. 야가미는 이제 완전히 선배들과 사이가 좋아진 모양이다.

후지와라는 잡담에 끼지 않고 혼자서 묵묵히 스트레칭만 할 뿐이었다. 하지만 야가미나 선배들이 말을 걸면 착실하게 잘 대답하는 것 같았다. 후지와라가 진지한 얼굴로 무슨 말을 하면 다들 배꼽을 잡고 웃었다. 후지와라는 뚱한 얼굴로 몸 풀기를 계속했다.

그런 식으로 스트라이드부 멤버들 사이에 결속력이 생기는 모습이 참 보기 좋았다.

오늘 체육관은 스트라이드부가 완전히 전세를 낸 상태: 연습 시합으로 원정을 가는 농구부가 자리를 양보해 주었다.

우리도 첫 시합이 얼마 남지 않았다. 내일부터 시작되는 「키치죠지 스프링 스트라이드 페스」. 우리의 출전 시합은 내일 모레. 대전 상대는 사이타마의 미하시 고등학교다.

다이안 사장님의 회사 D's 인터내셔널이 정식으로 스폰서가 되는 조건은 이 시합에서 승리하는 것. 비공식 경기라고는 하지만, 관객들이 보는 앞에서 하는 첫 시합. 긴장되지만 절대로 질 수 없다!

"좋았어! 너희, 눈 똑바로 뜨고 잘 봐."

탕! 하는 소리를 내며 하세쿠라 선배가 달려 나갔다. 그 앞에는 1m

높이 정도 되는 허들이 세워져 있었다. 선배는 바닥을 박차며 뛰어올라 한쪽 팔로 허들의 바를 붙잡았다. 두 다리를 바로 옆으로 들어 올렸다. 선배의 커다란 몸이 공중으로 붕 뜨더니 바를 펄쩍 뛰어 넘었다.

"굉장해!"

나는 손뼉을 쳤다. 하세쿠라 선배가 별 것도 아니라는 것처럼 손을 흔들었다.

"……아무튼 이게 '벽 넘기(볼트)'야. 이런 벽은 제일 자주 나오는 기믹이니까 볼트 연습은 중요해."

"기믹이라고요?"

작은 소리로 묻자, 후지와라가 나를 빤히 쳐다보았다.

"추가 포장. 장해물을 말하는 거야."

그런 것도 모르냐…… 라는 후지와라의 마음 속 목소리가 들려오는 것 같았다.

"큰 스트라이드 시합에는 대부분 이런 게 있어."

야가미가 벽을 오르는 시늉을 하면서 말했다.

"다음 갑니다."

이어서 코히나타 선배가 달려 나갔다. 두 손으로 바를 가볍게 붙잡더니 무릎을 끌어안듯 싹 접으며 폴짝 뛰어넘었다. 하세쿠라 선배보다 더 높은 점프였다.

"오오~!"

나만이 아니라 야가미도 박수를 쳤다.

"코히나타 선배, 엄청난 도약력이다."

"저건 몽키 볼트라는 거야."

카도와키 선배가 옆에서 기술에 대해 설명했다.

"카도와키 선배는 안 뛰어요?"

선배는 흥, 하고 코웃음을 쳤다.

"장기에서는 계마(桂馬)가 부주의하게 뛰어 나가면 보(步)의 먹잇감이 된다는 격언이 있단 말이지. 쉬이 가볍게 뛰어서는……."

"어딜 은근슬쩍 넘어가려고."

뒤에서 하세쿠라 선배가 따지자 카도와키 선배는 어깨를 움츠렸다.

"저는 기믹 없는 코스 전문이라는 걸로."

"야, 인생에 장해물은 당연히 따라오는 거라고."

하세쿠라 선배가 어처구니없어하며 말했다.

그렇구나. 인생에 장해물은 당연히 있는 거구나. 하긴 그럴지도.

"다시 말해서…… 스트라이드는 인생과 똑같다는 뜻이네요. 굉장해요!"

아, 나 지금 굉장히 멋진 말을 한 것 같은데?

"……너, 진지하게 잘도 그런 말을 하는구나."

왜인지 하세쿠라 선배가 부끄러워했다.

"어? 어어? 제가 이상한 말이라도?"

"아니, 됐어……."

좀처럼 뛰려고 하지 않는 카도와키 선배를 놔둔 채, 야가미가 바 앞에 도움닫기 판을 설치했다.

"이거 봐봐! 플립 갑니다!"

체조 선수처럼 한 손을 높이 드는 야가미. 그 자리에서 날아오르는 것처럼 뛰어 나갔다.

"플립?"

"잘 보기나 해."

하세쿠라 선배가 씩 웃었다.

타앙!

야가미가 도움닫기 판을 밟고 깜짝 놀랄 정도로 높게 뛰어올랐다 ──. 그리고 그대로 전방에서 공중제비를 돌아 바를 뛰어넘었다.

오오─! 하는 환성이 터져 나왔다. 굉장했다. 눈을 뗄 수가 없었다!

매트에 발부터 착지를 하자마자 야가미는 몸을 내던지듯 굴렀다.

"야가미! 괜찮아?!"

황급히 달려가자 야가미는 어리둥절한 표정으로 나를 올려다보았다.

"응? 괜찮은데? 봐 봐."

벌떡 일어나 폴짝 점프하는 야가미.

"아니, 데굴데굴 구르길래."

"아, 이건 오점접지(五点接地)라든가 롤이라고 하는 기술인데, 굴러서 충격을 흡수하는 방법이야."

그렇게 말하며 또 매트 위를 굴러 보였다.

아하, 이렇게 하면 달리던 기세 때문에 다치거나 하지 않겠구나.

"그러고 보니 처음 만났을 때도 데굴데굴 구르지 않았어?"

"나무에 부딪친 건 예상외의 일이었거든."

수줍게 웃는 야가미. 내가 문득 그때 상황을 떠올리며 웃음을 짓고 있자, 성큼성큼 걸어온 후지와라가 야가미에게 도움닫기 판을 떠맡겼다.

"무거워! 뭐야, 후지와라. 모처럼 설치해 놓았는데!"

"방해돼."

딱 잘라 말하고, 후지와라는 스타트 지점에 섰다. 어쩐지 평소보다 거칠게 바로 달려갔다. 그대로 하세쿠라 선배와 같은 방식으로 볼트 동작을 했다.

"볼트는 좀 더 무릎을 가슴 쪽으로 빼는 게 자세가 깔끔하고 멋있는 법이야."

바를 뛰어넘은 후지와라에게 하세쿠라 선배가 말했다.

"넘을 수만 있다면 자세는 상관없습니다."

매번 그랬듯 후지와라는 싸늘한 태도였다.

"하여간 건방진 녀석이라니까……."

요즘은 하세쿠라 선배도 후지와라의 저런 반응에 익숙해진 모양이다.

코히나타 선배가 다음에 달리려다가 문득 나를 돌아보았다.

"사쿠라이도 해 보지 않을래?"

"저요? 할 수 있으려나."

"재밌어! '레일'의 바 높이를 내리면 괜찮아."

레일이란 이 바가 달린 기구의 이름. 야가미이 옆에 달린 핸들을 빙글빙글 돌려 바의 높이를 낮추었다.

응, 해 보면 재미있을 것 같다. 그렇게 생각하니 갑자기 다리가 근질근질해졌다.

"그럼 체육복으로 갈아입고 올게요!"

교복 스커트 차림으로는 무리다. 나는 뛰어서 체육관 안에 있는 여자 탈의실로 향했다.

"아이고, 아까워라—. 야가미."

"그런 거 아니거든요!"

뒤에서 카도와키 선배와 야가미의 목소리가 들려왔다.

♛

바의 높이는 뜀틀 5단 정도. 체육복도 입었으니 준비 완료!

야가미가 바 앞에서, 후지와라가 저 너머에서 보조할 태세를 갖추고 있다.

"혹시 걸려 넘어지더라도 우리가 도와줄게! 마음껏 뛰어 봐!"

나는 야가미의 말에 고개를 끄덕이고 달려 나갔다. 바를 두 손으로 붙잡고 힘껏 다리를 휘둘러 올리자 몸이 붕 떴다. 가슴이 시원해졌다. 그대로 바를 뛰어넘어 착지.

어라라?

착지한 나는 어째서인지 뛰어넘었을 때와는 반대 방향을 향해 서 있었다. 상황을 이해하지 못하고 있는데, 눈이 마주친 야가미가 웃음을 터뜨렸다.

"아하하, 사쿠라이. 굉장해, 굉장해!"

"오오, 턴 볼트라니 제법이군!"

카도와키 선배가 기술 이름을 말해 주었다.

"한 손으로 바를 계속 잡고 있으면 그렇게 돼."

후지와라가 어처구니없어하며 말했다. 그렇구나. 계속 쥐고 있으면 방향이 반대가 되니까…… 그 원리를 시험해 보려고 다시 한번 반대쪽에서 뛰어 보았다.

"이렇게…… 됐다!"

어라? 이번에는 손이 교차된 상태다.

"되긴 뭐가!" "안 됐어!" "안 됐는걸!" "……."

모두가 일제히 소리쳤다.

"하지만 이렇게 장해물 넘는 것도 재미있구나!"

순식간에 시간이 지났다. 교내 방송으로 『Going Home』 노래가 흐르기 시작했다. 하교 시간이었다.

레일 정리를 하고 있는데, 고문인 단 선생님이 다가왔다. 오늘도 여전히 트레이닝복 차림이다.

"사쿠라이, 내일 모레의 오더는 정했나?"

선생님은 평소처럼 태연하게 엄청난 질문을 던졌다. 오더, 그러니까 시합에서 달리는 순서 말이다.

"설마 그거 제가 정하는 거였어요?!"

나는 선생님이나 하세쿠라 선배가 정할 거라고 생각하고 있었다. 선생님과 하세쿠라 선배를 번갈아 쳐다보고 말았다.

"오더를 정하는 건 릴레이셔너의 일이야."

선배의 말에 단 선생님이 고개를 끄덕였다.

"그런 이유로, 네게 맡기마."

"네!"

호난의 릴레이셔너로서 중요한 역할을 맡겨 주는 게 굉장히 기뻤다.

"일단 네 나름대로 고민을 해 봐라. 직접 해 보면 배울 점도 많으니. 모든 건 그 다음부터 시작이다."

그렇게 선생님은 나를 격려했다.

"열심히 하겠습니다!"

나는 가슴을 활짝 펴며 대답했다.

02

그리고 토요일! 드디어 「키치죠지 스프링 스트라이드 페스」 날이 찾아왔다.

이틀 동안 연속으로 이루어지는 이벤트로, 호난의 시합은 내일. 오늘은 코스 확인도 할 겸 스트부의 부원들 모두가 회장에 모이기로 했다.

역의 북쪽 출구에서 나가자 바로 축제 분위기가 물씬 풍겨왔다. 사람들로 북적거렸다. 스트라이드 트레이닝복을 입은 사람들도 많았다.

눈앞의 거리는 스트라이드 코스로 변해 있었다. 평소에는 버스도 달리는 도로지만 지금은 교통 규제가 되어 차 한 대조차 들어올 수 없다. 전용 기믹도 보였다. 화려한 디자인으로 된 큰 벽(월). 이걸 볼트로 넘어야 한다. 그 월에는 야스 중공이라는 회사 로고가 들어가 있다. 어느 팀의 스폰서인가 보다. 주변에는 완충재도 철저하게 배치되어 있었다.

근데 꽤 높이가 낮아 보였다. 이 정도라면 나도 뛰어넘을 수 있을 것 같았다. 신기해하고 있는데, 가벼운 발소리가 들리더니 초등학생 쯤되어 보이는 남자아이들이 달려왔다. 그대로 기믹에 달라붙어 기어올랐다. 어린 아이들인데도 멋들어진 트레이닝복을 입은 걸 보니,

주니어 클럽 팀의 아이들인 모양이었다. 열심히 노력하는 모습이 즐거워 보였다! 어쩐지 보고 있는 나까지 기뻤다.

역 앞의 릴레이셔너 부스에 있는 것도 물론 초등학생. 제대로 인터컴을 착용하고 큰 목소리로 지시를 내리는 중이었다.

초등학생들이 달려간 후, 어디선가 밴드의 연주가 들려왔다. 그리고 맛있는 냄새도 주변을 감돌았다. 보통 때는 버스가 멈춰서는 로터리에 푸드 트럭이 몇 대나 서 있는 게 보였다. 크레이프나 튀김, 갓 구

운 멜론 빵에 인도 카레!

스트라이드 페스는 정말로 축제구나. 들떠서 어쩐지 발걸음도 가벼워졌다.

혼잡한 역 앞을 빠져나와 약속 장소로 가니, 주변 사람들보다 머리 하나 정도 더 키가 큰 사람 한 명이 눈에 띄었다. 호난의 체육복 차림이었다. 하세쿠라 선배였다.

인파에 짓눌리면서 다가가니 내가 말을 걸기도 전에 하세쿠라 선배가 큰 목소리로 불렀다.

"사쿠라이!"

주변 사람들이 일제히 나를 쳐다보았다. 하세쿠라 선배, 너무 눈에 띄잖아요…….

"빨리 왔구나."

이렇게 주목을 받고 있는데도 선배는 평소와 똑같은 태도였다. 신경도 쓰지 않았다.

"어쩐지 기대가 돼서 잠을 한숨도 잘 수 없었어요."

그 말을 들은 선배는 "어린애도 아니고."라며 작게 웃었다.

잠을 제대로 자지 못한 건 기대감 때문이기도 했지만, 그건 어디까지나 이유의 절반. 나머지 이유는 오더에 대해 고민하느라 그렇다.

선배는 인파 저편을 바라보고 있다. 익숙하지 않은 장소여서 그런가, 그 표정은 어쩐지 매우 어른스러워 보였다.

그러고 보니 선배와 단둘이 있는 건 처음이다.

말도 없이 가만히 있는 게 어색했지만, 무슨 말을 하면 좋을지 알 수가 없었다.

155
PAGE

RUN FOR YOUR RIGHT
STEP 03

PRINCE OF STRIDE
TITLE

묵묵하게 나란히 서 있는데, 민속 악기를 든 그룹이 눈앞을 지나갔다. CD를 사면, 그 돈으로 숲에 나무를 심는단다.

그러고 보니 여기까지 오는 길 이곳저곳에 그런 것들이 적혀 있었던 것 같다.

"스트라이드 이벤트는 이런 게 많은가 봐요?"

이제야 나는 선배에게 말을 걸었다.

"스트라이드의 '이념'이지. 지금은 형식적일 뿐이지만, 원래 스트라이드의 뿌리는 남을 돕는 거야."

"남을 돕는다…… 고요?"

그건 처음 들었다.

"예를 들면, 혼잡한 이 부근에서 의사가 탄 차가 사고가 났다고 치자."

"?"

선배의 이야기가 갑작스러워서 잘 이해가 가지 않았다.

"의사는 이식용 심장을 가지고 있었어. 심장을 빨리 이식하지 않으면 썩지. 한계까지 기다리고 있는 환자를 위해서 하여간 빨리 전달하지 않으면 안 돼. 하지만 병원까지는 몇 km나 남은 상태야. 차를 기다리고 있을 여유도 없어. 자, 이런 경우 어떻게 할래?"

"그러면…… 뛰어서 옮길 수밖에 없겠네요."

"그렇지. 담벼락이 있으면 볼트로 넘으면 되고, 사유지도 가로질러 가는 거야. 아무튼 최단 거리로 운반할 수밖에 없지. 혼자서는 체력이 받쳐 주지 못하겠지만 릴레이셔너가 있고, 다른 러너에게 차례로 맡길 수 있다면 병원까지 초고속으로 심장을 전달할 수 있어."

하세쿠라 선배는 말을 이었다.

"무리하게 큰 목표를 세울 필요는 없다. 그저 손에 닿을 수 있는 범위 안에서의 불행을 없애기 위한 힘이 필요할 뿐. 그러기 위해서 꾸준한 노력을 한다. 바로 그게 스트라이드의 이념이야."

선배의 이야기를 들으면서 거리를 달리는 러너를 상상해 보았다. 어쩐지 지금까지와는 좀 다르게 보였다.

"하세쿠라 선배는…… 굉장하네요."

생각이 입 밖으로 스르륵 튀어나왔다.

"응? 아니, 내가 만들어 낸 게 아니야. 자주 언급되는 예시일 뿐이지."

선배는 무뚝뚝하게 대답을 하며 고개를 홱 돌렸다.

"어?"

선배가 누군가를 발견했다. 시선 끝을 따라가 보니 키가 큰 남학생이 다가오던 참이었다. 그 사람은 하세쿠라 선배를 보고 생긋 웃었다.

"하세쿠라…… 맞지? 오랜만이다."

온화한 목소리였다. 살랑거리는 머리칼과 상냥해 보이는 눈매를 가진 사람.

"카모다, 오랜만이네."

선배가 아는 사람인가 보다. 스트라이드 트레이닝복 차림이었다. 다른 학교 학생인가?

"내일은 살살 좀 부탁해."

내일. 그렇다면……

"이 녀석은 3학년인 카모다. 미하시 고등학교의 릴레이셔너야."

선배가 소개해 주었다. 역시 그랬구나! 다른 학교, 그것도 대전 상대의 릴레이셔너와 만나는 건 처음이다. 예의 바르게 행동해야겠다고 마음먹으면서도, 어쩐지 가슴이 두근거리며 벅찼다.

"카모다 유우라고 해. 혹시 하세쿠라의 여자 친구?"

"네?!"

너무나도 갑작스러운 물음에 이상한 목소리가 튀어나오고 말았다.

"어울리는데?"

카모다 씨가 생긋 웃었다.

"그럴 리가 있겠냐."

굵직한 목소리로 선배가 대꾸했다. 나도 얼른 얼굴 앞에 손으로 가위표를 만들었다.

"아니에요! 여자 친구가 아니라…… 저는, 저기……."

"……얘는 우리 릴레이셔너."

선배가 나를 엄지손가락으로 가리켰다.

"아, 네! 사쿠라이 나나예요. 호난 스트부에서 릴레이셔너를 맡고 있어요!"

"뭐? ……여자 릴레이셔너야?"

카모다 씨의 표정이 흐려졌다.

"그건 좀…… 안 좋지 않을까?"

뭐라고……. 같은 릴레이셔너한테 그런 말을 들으니 머릿속이 새하얘졌다.

"뭐라?"

하세쿠라 선배가 날카롭게 되물었다.

"아아, 미안. 무슨 트집을 잡으려고 한 건 아니야. 팀의 사고방식은 다 제각각이니까 그것도 나쁘지 않겠지."

정말로 미안한가 보다. 하지만 왜 안 좋다는 건지 신경 쓰였다.

"진짜 미안하다면 내놓을 건 내놓는 게 어때?"

주머니에 손을 찔러 넣고, 연극조로 선배가 말했다.

"선배, 그거 완전 협박하는 것 같아요!"

"내놓을 거라니?"

조금 곤란해 하면서도 미소를 잃지 않고 카모다 씨가 느긋하게 대꾸했다.

"오더 말이야. 미하시의 내일 오더! 알려줘."

선배, 그건 좀 치사하잖아요!

"그것까지…… 알려주는 건 좀."

미간을 좁히며 진짜로 고민하는 카모다 씨. 참 성격이 착한가 보다.

"농담이야. 그럴 때는 대충 아무렇게나 찍어다 붙여서 오더라고 하면 되잖아. 너도 참 여전하다."

반쯤은 기막혀 하면서, 반쯤은 걱정스러워하는 목소리로 선배가 말했다. 카모다 씨는 난처한 얼굴로 웃었다.

"지금도 그런 건 좀 어색해서. 케이라면 잘 대답하겠지만."

"케이? 아아, 동생 말이지……."

선배가 중얼거렸다.

"나 불렀어?"

그런 목소리가 들리면서 우리 주변에 녹색 트레이닝복의 덩치 큰 남학생들이 몰려들었다. 하세쿠라 선배도, 카모다 씨도 키가 큰 편이었지만, 다가온 남자애들 역시 한 명을 제외하고는 키가 모두 컸다. 마치 벽 같았다.

말한 사람은 눈매가 날카로운 남학생이었다. 카모다 씨가 "아아, 케이. 마침 잘됐다."라며 불렀다.

이 사람이 동생인가 보다. 형은 상냥한 분위기인데, 동생 쪽은 어쩐지 까칠해 보였다.

"이 사람이 하세쿠라야. 호난 스트부의 부장."

카모다 씨가 동생에게 하세쿠라 선배를 소개해 주었다.

"호난의 하세쿠라야. 내일은 잘 부탁해, 카모다 동생."

"카모다 '케이'야. 부장을 맡고 있지."

동생 쪽이 부장이구나. ……그런데 어쩐지 묘하게 형이 동생 눈치를 너무 보는 것 같다.

"이쪽은 호난의 릴레이셔너, 사쿠라이 씨."

카모다 씨의 소개에 맞추어 고개를 꾸벅 숙였다.

"잘 부탁해요!"

내가 인사를 해도, 동생 쪽은 별다른 반응도 없었다. 안중에도 없다는 느낌. 벌써 전투 모드에 들어가서 하세쿠라 선배를 노려보고 있었다. ……어쩐지 가시가 잔뜩 돋친 분위기였다. 카모다 씨의 동생인데도 하나도 안 닮았다.

"근데, 뭐라고?"

미하시의 러너들 중 가장 덩치가 작은 사람이 나를 가리키며 깔깔 웃었다.

"여자 릴레이셔너? 걸 셔너? 우와, 만화네. 영화화 결정."

갑자기 그런 말을 듣자 내 얼굴이 확 달아올랐다.

"시마!"

카모다 씨의 주의를 받아도 시마라고 불린 사람은 웃음을 그만두지 않았다.

"그게 무슨 짓이냐! 죄송합니다! 이 녀석 원래 이래요!"

제일 덩치가 큰 사람이 싱글싱글 웃으면서 억지로 시마 씨의 머리를 숙이게 했다. 들고 있는 가방에 커다랗게 나가츠카라는 이름이 적혀 있었다.

"좋겠다, 여자 릴레이셔너. 엄청 힘이 날 것 같아! 진짜 부러워!"

나가츠카 씨 옆에 있는 짧은 머리의 사람이 천진하게 말했다.

"그렇지, 에이후쿠. 어차피 장식일 뿐인 릴레이셔너라면 여자애가 하는 게 훨씬 낫지."

시마라는 남학생의 말 속에서는 경멸이 느껴졌다. 카모다 씨의 표정이 굳어졌다. 릴레이셔너가 장식이라니⋯⋯. 카모다 씨한테도, 릴레이셔너한테도 아주 실례다.

　에이후쿠라는 짧은 머리의 사람이 다가와서 말을 걸었다.

　"저기 말이야, 호난. 지금 입고 있는 거 학교 체육복 아니야?"

　"아, 그런데요⋯⋯."

　내가 질문에 대답하자, 곁에 있던 시마 씨가 푸핫, 하고 웃음을 터뜨렸다.

　"아아, 에이후쿠, 그걸 말하면 어떡해. 스폰서가 도망갔다고 하면 징징 짤지도 모르잖아."

　기, 기분 나쁘다⋯⋯. 시마라는 사람은 특히 더 하잖아⋯⋯.

　"야, 너희."

　동생 쪽이 그렇게 말하며 에이후쿠 씨와 시마 씨의 어깨를 붙잡았다.

　"시찰이나 가자. 하리가야는 벌써 갔으니까."

　부장이니까 꾸짖으려나 잠깐 생각했는데, 그렇지도 않았다.

　"하여간 협동성이 없다니까, 하리가야는."

　한마디도 하지 않았던 조용한 사람이 하리가야 씨인가 보다. 혼자서 저 멀리 가 버리는 모습이 보였다.

　미하시의 스트부가 동생에게 이끌려 우르르 이동했다.

　"호난은 학교 체육복에 걸 셔너라고. 미쳤네."

　시마라는 사람이 그렇게 말했다. 아주 들으라는 식으로.

　"호난의 시대는 끝났어. 결판은 벌써 났다고."

　그걸 뭐라고 하지도 않고, 동생이 그렇게 말했다. 무슨 대꾸라도 하고 싶었지만 아무 말도 나오지 않았다.

몸이 떨렸다. 이렇게까지 노골적으로 적대감을 맛본 건 처음이었다.

시합을 하게 되면 이렇게 전투적이 되는 걸까. 아까 하세쿠라 선배한테서 스트라이드에 관한 좋은 이야기를 들었던 만큼 괜히 기분이 울적해졌다.

"아, 정말로 미안해……. 시합 전이라 저 애들도 예민해져서……."

정말 미안하다는 듯, 카모다 씨가 몸을 움츠리며 말했다.

"빨리 오기나 해!"

동생의 외침이 날아왔다.

"형 체면이 말이 아니네."

하세쿠라 선배가 나직이 중얼거렸다.

"아하하…… 우리는 러너로 이기는 팀이니까. 다들 잘 해내고 있어."

그렇게 말하며 고개를 숙인 후, 카모다 씨는 동생 쪽으로 달려갔다.

후우, 하고 하세쿠라 선배가 긴 한숨을 토해냈다. 그리고 쥐고 있던 주먹을 풀었다. 선배는 주먹을 꽉 쥐고 있었다. 얼굴이나 목소리로 드러내지는 않았지만 하세쿠라 선배도 화가 났었구나.

"죄송해요. 저 때문에 호난이 놀림거리가 되어서……."

"괜찮아. 저런 식으로 승부에 임하는 녀석들도 있어. 이상과 현실은 다르니까."

"네……."

"무슨 소리를 해 대든 결판은 시합으로 내는 거야. 아주 피의 축제를 열어 주자고."

피의 축제는 좀 너무했지만 선배의 흉악한 미소가 든든했다.

"저 녀석들한테 이기면 누나 회사가 스폰서가 되어 줄 거야. 특별 트레이닝복을 만들어 달라고 하자고."

마침내 선배의 얼굴이 활짝 폈다.

"그거 좋네요!"

"그런데 이 녀석들이 왜 이리 늦지?"

그러고 보니 벌써 집합 시간이 한참 지난 후였다. 다들 왜 이리 안 올까……

"죽겠어. 나 죽을래."

뛰쳐나가려는 코히나타 호즈미를 카도와키 아유무가 뒤에서 단단히 붙들고 있었다.

"코히나타 씨, 참아, 참으라고!"

"선배, 죽으면 안 돼요."

야가미 리쿠는 열심히 달래는 중이었다.

"아니, 저게 뭐냐고?!"

키치죠지 역 앞 빌딩 벽면에 붙은 커다란 광고판. 호난의 스폰 서(예정), D's 인터내셔널이 선보이는 광고.

드레스를 입은 여자 사이에 무릎을 꿇은 두 남자.

문제는 그 드레스를 입은 사람이 여자가 아니라 여장한 호즈미라는 점이었다.

"……나는 다 잘려 나갔어."

이 소동을 방관하던 후지와라 타케루가 조용히 중얼거렸다.

"테스트 촬영이라고 했으면서—!"

마구잡이로 날뛰는 호즈미의 힘은 틀림없이 남자의 힘이었다. 아유무와 리쿠가 달려들어서 간신히 붙들고 있는 상황이었다.

"괜찮아요! 저게 코히나타 선배의 여장이라는 건 아무도 모를 테니까요!"

리쿠가 간판을 가리키며 크게 외쳤다.

근처에 있던 한 여자가 발걸음을 멈추고 호즈미와 간판을 번갈아 쳐다보았다.

"앗."

여자는 아무것도 못 봤다는 듯 얼른 그 자리를 떠났다.

"……리쿠, 바보—!"

얼굴을 붉히며 두 사람을 뿌리친 호즈미는 내달렸다.

"호즈미—!" "선배—!"

세차게 달려 나간 호즈미는 스트라이드 현역 부원 세 명이 쫓아가도 쉽사리 붙잡을 수가 없었다…….

♕

"왜 이리 늦냐!"

하세쿠라 선배가 호통을 쳤다. 모두가 도착한 건 집합 시간을 20분이나 넘기고 나서였다. 거기다 무슨 일인지 다들 잔뜩 지친 상태였다.

"무슨 일이라도 있었어요?"

"……아니—, 달리고 싶을 정도로 좋은 동네여서……."

야가미의 중얼거림에 하세쿠라 선배가 "바보도 아니고."라고 타박을 주었다.

우리는 함께 미리 코스를 살펴보기로 했다. 초등학생들의 시합도 끝난 모양이다. 체육복 차림의 우리를 보고 대회 담당자가 코스 안으로 들어가게 해 주었다.

스타트 지점은 키치죠지 역 앞의 버스 정류장 옆. 로터리 한가운데에 릴레이셔너 부스가 있고, 특설된 대형 모니터에 러너들의 모습이 중계되는 방식이었다.

제1주자는 역 앞에서 서쪽으로 돌아가는 코스.

역 앞의 길을 똑바로 질주하여 서쪽으로 나아가면, 남북으로 뻗은 키치죠지 거리가 나온다. 청년 취향의 물건을 구비한 백화점의 흰 건물을 끼고 남쪽으로 진로를 꺾었다. 야가미한테서 사쿠라이는 동서남북을 정확히 따지는구나, 역시 홋카이도 출신! 이라고 영문을 알 수 없는 칭찬을 들으며, JR 중앙선이 지나가는 고가 다리를 지나갔다. 저편에 키가 큰 가로수가 보였다. 녹음이 보이니 어쩐지 안심이 되었다. 가로수를 따라 나아가다 보면, 이노카시라 공원의 입구에 도착. 공원에 들어가면 바로 첫 테이크 오버 존이 나온다.

  제2주자가 달리는 건 역의 남쪽으로 펼쳐지는 이노카시라 공원. 도쿄 돔의 약 8배 넓이라고 카도와키 선배가 가르쳐 주었다. 벌써 꽃은 다 졌지만, 벚나무들이 가득하다. 연못을 따라가는 코스는 완만한 커브의 연속으로, 직접 걸어 보니 꽤 업 다운이 있는 길이었다. 그리고 이어지는 기믹들이 이 코스의 고비였다. 후지와라가 벽을 뛰어넘자 경쟁이라도 하듯 야가미도 시도해 보기 시작했다. 두 사람은 내버려 둔 채, 긴 직선 코스를 걸었다. 그리고 마지막 기믹. 여기는 속도가 붙으니까 주의하라고 하세쿠라 선배가 말했을 때, 뒤에서 달려오던 야가미가 벽에 부딪칠 뻔했다. 정말로 주의해야겠다⋯⋯.

  연못에 걸친 나나이바시 앞이 다음 테이크 오버 존. 여기서 북쪽에 있는 공원 입구를 향

한다.

제3주자는 역의 남쪽에서 동쪽을 빙 도는 코스. 공원 입구에 있는 계단을 올라가니, 좁은 골목으로 이어졌다. 어쩐지 테크니컬한 코스였다. 큰 패션 쇼핑센터의 뒤편을 지나 이노카시라 거리로 단번에 보폭이 넓어진다. 길을 똑바로 나아가서, 케이오 선이 지나는 고가를 지난 곳에서 릴레이션을 한다.

제4주자는 역의 동쪽, 중앙선의 가드를 넘어 역의 북쪽 입구로. 단번에 큰 길을 달리는 직선 코스. 스피드를 잘 내는 사람이 담당하는 게 좋을지도 모른다. 대형 전자 제품점 앞에 있는 교차점 안이 테이크 오버 존이다.

제5주자인 앵커는 역의 북쪽을 돌아 역 앞으로 돌아간다. 복합 상업 시설 앞을 빠져 나와 키치죠지 거리로 좌회전. 크고 평평한 길이 이어진다. 신용금고의 모퉁이를 돌아 남하. 백화점 앞에서 좌회전을 해서 역 앞의 상점가 안으로. 넓은 보도를 지나 아케이드 안으로 들어가면, 눈앞에 바로 규동 가게. 거기에서 우회전해서 남쪽으로, 아케이드 거리를 빠져나와 역 앞으로. 골이 가까워질수록 다들 걸음이 빨라졌다.

그리고 역 앞에서 골! 한 바퀴 도는데 대략 2.2km의 루트. 모두 와글와글 떠들며 걸으면 30분 정도 걸린다. 시합에서는 이 장소를 6분

전후로 돌파하게 된다.

집에 돌아온 후, 나는 계속 방에 틀어박혀 태블릿과 눈싸움을 했다. 화면에는 코스 지도가 표시되어 있다. 심각한 표정을 짓고 있어서 그런지, 간식을 가져다준 코우 삼촌이 "머리라도 아프니?" 하고 걱정했다.

내일 시합까지 오더를 정해야 한다.

야가미의 스타트 대시는 정말로 뛰어나니까 제1주자로 정하는 게 어떨까. 후지와라는 코너링을 잘하니까 코너가 많은 코스. 코히나타 선배는 기믹 대처 능력이 좋긴 하지만, 사실 어디든 다 잘 달릴 것 같다. 카도와키 선배는 자칭 올 마이티, 기믹은 안 된다고 하니까 그런 코스는 빼야지. 하세쿠라 선배는 체력이 있으니까 긴 코스가 좋을 것 같다. 거리가 꽤 되는 곳은 3구간과 5구간인데…….

아, 릴레이션의 상성도 고려해야지. 하세쿠라 선배와 코히나타 선배, 카도와키 선배는 계속 함께 연습을 했으니까 릴레이션 상성도 좋다. 야가미와 후지와라의 릴레이션은 아직 좀 불안한 감이 있지만…….

으음, 고려해야 할 부분이 너무 많아서 머릿속이 잘 정리되지 않았다.

스마트폰을 보니 평소 같으면 잠자리에 들 시간이었다. 자꾸만 조바심만 났다. 흔들리는 멜론코 스트랩을 보면서 나는 크게 심호흡을

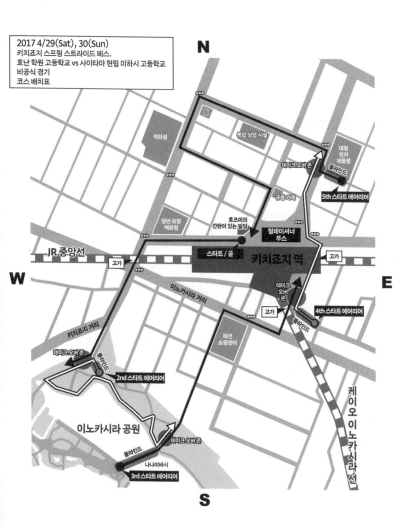

했다.

망설이고 있을 틈은 없다.

"정했어!"

나는 단번에 오더표를 작성했다.

03

마침내 일요일이 다가왔다. 신생 스트라이드부, 첫 시합 날!

시간 전에 일찍 집합 장소로 모인 모두는 의욕이 넘쳤다! 좋은 느낌이다. 오늘은 고문인 단 선생님도 함께이다. 선생님은 오늘도 평소처럼 트레이닝복. 쉬는 날도 이 차림 그대로 계시는구나…….

우리의 차림은 어제와 똑같이, 유니폼 대신에 학교 체육복.

"어라? 코히나타 선배, 왜 그러세요?"

코히나타 선배는 무슨 일인지 오늘 선글라스를 쓰고 있었다.

"응? 아…… 오늘은 햇볕이 강해서 이게 필요하거든!"

선배는 피부도 뽀얗기에 자외선에 약한가 보다.

"힘드시겠어요……."

카도와키 선배가 푸핫 하고 웃음을 터뜨렸다.

"유명인은 괴롭구먼—."

카도와키 선배는 이유를 아는 모양이다. 도대체 무슨 일이지?

키치죠지의 역 앞은 어제보다도 훨씬 사람들이 많았다.

"관객들 대부분은 너희를 보러 온 거다."

단 선생님이 인파를 바라보며 말했다.

"스트라이드라고 하면 고등학교죠!"

야가미가 기운차게 외쳤다. 전혀 부담을 느끼지 않는 것 같다.

"여름의 엔드 오브 서머도 그렇지만, 고등학교 대회가 제일 성황을 이루잖아요."

내 말에 카도와키 선배가 고개를 끄덕였다.

"반대로 말하면 고교보다 더 위의 팀들은 해외로만 나가니까. 야구로 따지자면 고교 야구의 위가 갑자기 메이저리그! 같은 느낌인 거지."

"일본 스트라이드는 사실상 고등학교에서 끝이야."

하세쿠라 선배가 중얼거렸다. 고3인 선배는 올해가 마지막이다.

이 시합을 꼭 이기고 싶다. 이기면 D′s가 스폰서가 되어 주어 다음 시합에도 나갈 수 있다. 공식전에서 계속 이기면 여러 곳에서 마음껏 시합을 할 수 있다.

그리고…….

어제 만난 미하시 쪽 러너들의 얼굴이 머릿속을 스쳤다.

이 시합, 절대로 지고 싶지 않다.

"사쿠라이, 오더는 정했나?"

단 선생님의 확인에 나는 고개를 크게 끄덕였다.

"그럼 발표하겠습니다!"

"두두두두두……."

야가미가 드럼을 두드리는 흉내를 냈다.

"짜잔!"

코히나타 선배가 그렇게 외치면서 나한테 눈짓을 주었다.

"호난의 오더는…… 제1주자, 야가미 리쿠."

"와, 첫 번째다! 스타트는 맡겨만 줘."

야가미가 활짝 웃었다.

"제2주자, 후지와라 타케루."

"……."

날카로운 시선으로 후지와라가 나를 쳐다보았다.

"제3주자, 코히나타 호즈미 선배."

"테크니컬한 코스구나. OK."

카도와키 선배와 함께 태블릿을 보면서 코히나타 선배가 말했다.

"제4주자, 카도와키 아유무 선배."

"오오—, 앵커가 아니라서 다행이다."

가슴을 쓸어내리는 카도와키 선배.

"앵커는 하세쿠라 선배, 부탁드릴게요."

"……."

선배는 입을 다문 채 대답도 하지 않았다.

"……하세쿠라 선배?"

선배의 눈빛이 나를 똑바로 꿰뚫었다. 그리고 선배는 나에게 따지기라도 하는 것처럼 물었다.

"이 오더로 이길 수 있어?"

"!"

물론 이기고 싶어서 이 오더로 했다. 자신도 있었다.

선배한테 그 말을 듣기 전까지는.

릴레이셔너라면 제대로 생각을 해서, 명확히 '이길 수 있습니다'

라고 말해야 한다. 하지만 나는 그렇게 단언할 수가 없었다.

카도와키 선배가 태블릿에 오더 표시를 띄웠다.

> 야가미 → 후지와라 → 코히나타 → 카도와키 → 하세쿠라

하세쿠라 선배가 그 태블릿을 손가락으로 가리켰다.

"연습할 때 보면, 야가미와 후지와라의 릴레이션은 잘 연결이 되지 않았잖아? 신입생 환영 시합 때는 괜찮았지만, 그건 그때뿐이었어."

선배가 나를 쳐다보았다. 아무 말도 할 수 없었다.

"우리 중에서 가장 기믹 처리를 잘하는 건 호즈미. 2구간은 호즈미가 적임이지. 3구간의 테크니컬 코스는 경험이 많은 나를 넣는 게 나아. 나는 몸이 무거워서 스피드 코스에서는 불리하니까."

선배는 태블릿을 조작해서 오더 순서를 바꾸었다.

> 야가미 → 코히나타 → 하세쿠라 → 카도와키 → 후지와라

"어떻게 생각해?"

나는 아무 말도 하지 못하고 굳어버리고 말았다.

생각이 너무 부족했다. 야가미 다음에 후지와라를 넣은 건 신입생 환영 시합 때의 이미지가 강렬했기 때문이었고, 하세쿠라 선배를 앵커로 한 건 3학년이니까 가장 좋은 포지션에서 달리면 좋겠다는 단순한 발상에서였다.

"……선배. 오더 결정은 릴레이셔너의 일이라고 했잖아요."

내가 가만히 있자, 야가미가 딱딱한 목소리로 하세쿠라 선배한테
물었다.

"사쿠라이를 믿지 못하는 거예요?"

"사쿠라이가 우리 연습을 가장 많이 봤지 않습니까."

후지와라가 옆에서 거들었다.

나는 이 자리에서 도망치고 싶었다. 야가미와 후지와라는 나를 믿
어 주고 있다. 그런데 나는 자신의 오더를 믿을 수 없게 되었다.

"별 근거도 없이 이 녀석이라면 할 수 있다고 믿는 건 신뢰가 아니야."

하세쿠라 선배가 침착한 목소리로 말했다. 코히나타 선배가 옆에서 선글라스를 벗었다.

"사쿠라이한테는 좀 미안하지만…… 히스가 정한 오더가 더 설득력이 있어."

하세쿠라 선배가 진지한 눈으로 나를 바라보았다.

"사쿠라이, 네 첫 시합, 그것도 비공식 경기에서 이런 말을 할 셈은 아니었지만."

선배는 거기서 잠시 말을 끊었다.

"나는 이기고 싶어. 스폰서를 따내기 위해서만이 아니야. 나는 미하시를 이기고 싶어."

선배의 눈에 열기가 깃들었다. 선배는 미하시에게 굉장히 화를 내고 있다.

"내 마음대로 지껄이긴 했지만, 최종적으로 오더를 정하는 건 릴레이셔너야. 자, 어떻게 할래, 사쿠라이?"

모두가 내 말을 기다리고 있다.

"……저도 이기고 싶어요."

더듬거리면서 말을 짜냈다.

"미하시의 선수들은 릴레이셔너를 그저 장식이라고 말했어요. 그래서……."

말하는 중에 뺨이 확 뜨거워졌다.

"굉장히 멋진 릴레이션으로 이겨서 릴레이셔너는 중요한 거라고 한마디 해 주고 싶어요!"

"당연하지. 미하시한테 호난의 릴레이션의 무서움을 뼈저리게 느끼게 해 주자고."

하세쿠라 선배도 나랑 같은 마음이었다. 선배의 말에 모두가 힘찬 함성을 질렀다. 가슴이 뜨거워졌다.

"그러려면……."

나는 내 태블릿을 조작했다. 모두가 들어 주길 바라는 점이 있었던 것이다.

"야가미와 카도와키 선배의 포지션을 바꾸어도 괜찮을까요?"

카도와키 → 코히나타 → 하세쿠라 → 야가미 → 후지와라

"어? 내가 퍼스트 러너가 아니야?"

화면을 보고 야가미가 외쳤다.

"아, 미안해, 야가미."

하세쿠라 선배가 씩 웃었다. 선배한테는 내 의도가 전해진 모양이다.

나는 모두에게 내 의견을 설명했다.

"카도와키 선배는 후지와라보다 코히나타 선배와의 릴레이션 연습을 더 많이 했잖아요. 야가미와 후지와라의 릴레이션은 아직 좀 삐걱거리는 면이 있지만 많이 안정된 상태이기도 해요."

"야가미의 로켓 스타트를 버리고서까지 후지와라와의 릴레이션을 살린다……. 그거 재밌네."

"무엇보다 제 안에 명확한 이미지가 있어요. 야가미가 후지와라한테 이어지는 이미지가."

야가미와 후지와라가 서로를 쳐다보며 고개를 끄덕였다.

"맡겨 줘!"

활짝 웃는 야가미.

"괜찮아."

이와 대조적으로 진지한 표정을 짓는 후지와라.

"응! 잘 부탁해."

"호즈미와의 릴레이션은 많이 연습했으니까, 현재 취할 수 있는 최선의 수라고 해도 과언이 아니지!"

안경을 들어 올리면서 카도와키 선배가 말했다.

"릴레이셔너를 장식이라고 말한 상대에게 릴레이션으로 이기다니 최고잖아?"

승리를 단언하는 식으로 짓궂게 웃는 코히나타 선배.

"그럼 결정이네."

하세쿠라 선배가 손뼉을 짝 쳤다.

이제까지 가만히 있기만 했던 단 선생님이 고개를 한 번 끄덕이며 아무 말도 하지 않고 내 오더를 받아 들었다.

"그럼 이걸 사무국에 제출하고 오마."

사무국으로 향하는 선생님의 뒷모습을 보고 있는데, 코히나타 선배가 내 귀에 얼굴을 갖다 댔다.

"단 선생님이 오더를 보고 아무 말씀도 안 하시는 건 드문 일이야. 다행이네, 사쿠라이."

♛

그리고 호난 vs. 미하시의 비공식 시합, 쌍방의 오더가 동시에 발표되었다.

호난 학원 고등학교

【1st】카도와키 아유무 (2학년)

【2nd】코히나타 호즈미 (2학년)

【3rd】하세쿠라 히스 (3학년)

【4th】야가미 리쿠 (1학년)

【5th】후지와라 타케루 (1학년)

【R(릴레이셔너)】사쿠라이 나나 (1학년)

사이타마 현립 미하시 고등학교

【1st】나가츠카 노부히코 (2학년)

【2nd】시마 아오이 (2학년)

【3rd】하리가야 히사토 (2학년)

【4th】에이후쿠 타케시 (2학년)

【5th】카모다 케이 (2학년)

【R(릴레이셔너)】카모다 유우 (3학년)

"오, 역시 카모다 동생이 앵커구나."

우리 호난을 위해 준비된 대기실. 하세쿠라 선배가 오더가 적힌 종이를 가리키며 말했다.

"역시라니 그게 무슨 뜻이에요?"

"내가 아는 한, 미하시는 작년부터 모든 시합을 그 녀석이 앵커로 나가더라고."

"징크스 같은 게 있나."

코히나타 선배의 말에 하세쿠라 선배는 고개를 저었다.

"이겨도, 져도 계속 그러던데?"

"앵커에 적합한 선수라서 그런 거 아닐까요? 미하시에서 제일 속도가 빠르다든가."

야가미가 준비 운동이라도 하는 것처럼 손을 흔들며 말했다.

"아니, 미하시에서 제일 빠른 건 에이후쿠야."

카도와키 선배는 스트라이드 잡지를 애독해서 그런지 아는 정보가 많다.

"에이후쿠라니 저랑 같은 4구간 뛰는 사람?"

야가미의 팔이 딱 멈췄다.

"응, *칸토 지역 8위의 기록을 가지고 있을걸."

"으……."

"아이고, 미안. 부담을 줬나?"

카도와키 선배가 한 손을 들며 사과의 뜻을 표시했다.

"전혀요! 그러는 편이 더 불타오르잖아요!"

아까보다 더욱 기세를 붙여 팔을 흔들어 대는 야가미.

"그래, 좋은 태도야. 그런데 카모다 동생도 꽤 빨라. 침착하게 잘 해 봐, 호난의 앵커."

"……네."

---

* 일본 중앙 동쪽의 이바라기, 토치기, 군마, 사이타마, 치바, 카나가와 현과 도쿄도를 뭉뚱그려 부르는 표현.

하세쿠라 선배의 말을 듣고, 후지와라가 얼굴을 들었다. 눈이 딱 마주쳤다. 후지와라가 얼굴을 빤히 쳐다보면, 왜 얼른 시선을 돌릴 수가 없는 걸까.

"후지와라, 앵커 잘 부탁해!"

내가 말하자 후지와라는 작게 고개를 끄덕였다. 여전히 무슨 생각을 하는지는 통 알 수 없지만, 지금은 알 수 있다. 시합이 기대되어서 견딜 수 없다는 얼굴이다.

"사쿠라이, 나도. 나도 힘낼게!"

야가미가 더욱 크게 팔을 흔들었다. 곁에 있던 카도와키 선배가 얼굴을 찡그렸다.

"자, 잠깐. 야, 야가미! 워워! 야가미, 제발 좀 진정해!"

"아하하."

시합 개시 30분 전.

"신생 호난 스트라이드부의 힘을 보여 줘라."

단 선생님의 응원과 함께 우리는 대기실을 나섰다.

모두가 스타트 지점으로 향하는 도중, 관객 한 명이 나에게 외쳤다.

"나나! 호난, 힘내라!"

관객들 속에서 카메라를 든 리코의 모습이 보여 기뻤다. 그 외에도 아는 얼굴이 보였다. 반 친구들이 응원하러 와 주었구나!

스타트 지점을 사이에 두고 반대쪽에서 미하시 고등학교 스트라이드부가 다가왔다. 스타트 라인을 끼고, 우리는 오더 순서대로 늘어섰다.

완전히 전투 모드 상태에서 적대감을 마구 드러내는 미하시 선수들의 시선을 호난의 러너들은 똑바로 받아쳤다.

심판의 호령으로 각각 맞은편에 있는 상대와 악수를 나누었다.

나는 카모다 씨와 악수를 했다. 카모다 씨의 손은 싸늘했다. 내 체온이 높아서 그럴지도 모른다.

인터컴의 최종 체크를 한 후, 러너들은 담당한 구간의 스타트 에어리어로 향해 걸어갔다.

모두의 뒷모습은 시합에 임하려는 각오로 넘쳐서, 보기만 해도 정신을 바짝 차리게 되었다.

나도 내 스타트 에어리어, 릴레이셔너 부스로 걸음을 내디뎠다.

릴레이셔너 부스는 키치죠지 역 앞의 버스 로터리 한복판, 잔디밭 위에 금속 파이프로 구성된 망루에 설치되어 있었다. 높이는 학교의 조회대 정도로, 관객들 머리 위로 스타트 지점 확인이 가능했다.

이런 본격적인 릴레이셔너 부스는 처음이다.

텐트 천으로 된 그늘지붕 아래에 긴 책상과 파이프 의자가 보였다. 의자에 앉자 빌딩 벽면에 설치된 대형 모니터가 눈에 들어왔다. 스타트 전인 지금은 화면에 테이크 오버 존 네 곳의 모습을 순서대로 비추고 있다. 각 테이크 오버 존 주변에도 속속 관객들이 모여드는 중이었다.

마지막 테이크 오버 존에 후지와라의 모습이 나타났다.

《후지와라, 앵커의 스타트 에어리어에 도착.》

인터컴에서 후지와라의 목소리가 흘러나왔다. 그 직후에 코히나타 선배의 목소리도 들렸다.

《여기는 코히나타, 세컨드 스타트 에어리어. 공원은 참 상쾌하네!》

그리고 야가미가 도착.

《야가미입니다. 지금 스타트 위치야! 열심히 할게!》

마지막은 하세쿠라 선배와 카도와키 선배.

《하세쿠라다. 지정 위치에 도착했어.》

《카도와키, 물론 스타트 에어리어에 있어.》

이걸로 전원이 스타트 에어리어에 들어갔다.

내가 태블릿이나 인터컴의 조정을 하고 있자니, 미하시의 카모다 씨가 부스로 올라왔다.

"아…… 호난이구나. 잘 부탁해."

그렇게 말하며 웃어 주었지만, 어쩐지 영 자신감이 없어 보였다. 어제의 일을 신경 쓰고 있는 걸지도 모른다.

"잘 부탁합니다."

"어이!"

그때 동생인 케이 씨가 부스로 성큼성큼 들이닥쳤다.

"케이, 여기는 릴레이셔너 이외는……."

제지도 듣지 않고, 동생은 몸을 내밀어 카모다 씨의 인터컴을 빼앗았다. 놀라면서도 카모다 씨는 딱히 저항도 하지 않았다.

동생은 한 손으로 인터컴을 쥔 채, 카모다 씨한테 따졌다.

"알았어? 오늘도 쓸데없는 짓 하지 마. 내 말대로 지시를 내리면 되니까."

카모다 씨는 눈을 내리깔며 고개를 끄덕였다.

"알고 있어. 케이, 힘내."

"매번 힘내고 있다고."

미소를 짓는 카모다 씨에게 동생은 거칠게 말을 내뱉었다.

"케이~, 하리가야가 부르고 있어~!"

스타트 위치에서 엄청나게 큰 목소리가 들려왔다. 제1주자인 나가츠카 씨다. 옆에서는 호난의 제1주자, 카도와키 선배가 시끄럽다는 듯 귀를 꾹 막고 있었다.

"칫, 다들 나한테만 들러붙고."

동생은 혀를 찬 다음, 인터컴을 카모다 씨한테 내던진 후에 부스에서 뛰어내렸다.

"……후우."

카모다 씨는 인터컴을 다시 착용하다가 내 시선을 알아차리고 미안하다며 쓴웃음을 지었다.

"카모다 씨……."

나는 결심하고 말을 걸었다. 묻고 싶은 것이 있었기 때문이다.

"응?"

"미하시는 러너로 이기는 팀이라고 했었죠?"

"그래, 맞아. 나는 장식일 뿐이야."

힘없이, 하지만 명확히 그렇게 말했다.

"그런 팀에서 릴레이셔너를 하는 건 힘들지 않으세요……?"

"아니, 그렇게 느낀 적은 없어."

카모다 씨의 대답은 의외였다.

나 같으면 장식으로만 앉아 있는 릴레이셔너 따위 싫다고 할 텐데. 카모다 씨는 그렇지 않은 걸까.

그러고 나서 카모다 씨는 자신의 태블릿에 눈길을 주면서 무슨 작업에 몰두했다.

말을 걸기도 좀 거북해서 나도 내 태블릿을 확인했다.

시합까지 앞으로 10분.

나는 모두와 함께 달리는 건 아니지만, 달리는 모두의 힘이 되고 싶다. 그러기 위해 릴레이셔너가 있는 게 아닐까.

머릿속에서 생각이 빙글빙글 맴돌았다. 시합 직전에 이래서는 안 되는데…….

《사쿠라이.》

인터컴에서 카도와키 선배의 목소리가 들렸다.

《서쪽으로 빌딩 위를 좀 봐봐.》

스타트 위치에서 카도와키 선배가 위를 가리키는 게 보였다.

부스에서 몸을 내밀어 말한 곳을 보다가 저도 모르게 웃음을 터뜨렸다.

《봐, 역시 사쿠라이, 몰랐잖아.》

동시에 각 스타트 에어리어에 대기하고 있던 모두의 웃음소리가 들렸다.

《앗, 아유무! 뭘 가르쳐 주는 거야!!》

코히나타 선배만 초조해했다.

카도와키 선배가 알려준 건 드레스를 입은 코히나타 선배의 대형 간판이었다.

저렇게 큰 간판인데 전혀 눈에 들어오지 않았다. 난 생각보다 훨씬 더 긴장하고 있는가 보다.

인터컴에서 모두가 잡담하는 소리가 들려왔다.

괜찮아. 나는 혼자가 아니야. 그렇게 마음을 먹으니 조금 기분이 편안해졌다.

모두 함께 이기자.

스타트 시각이 점차 다가오고 있었다.

04

【카도와키 아유무(호난) vs. 나가츠카 노부히코(미하시)＼제1구간】

카도와키 아유무는 초중고 내내 장기 외길 인생이었다. 작년에 어쩌다 보니 스트라이드부에 들어가기 전까지는.

그때까지 수업 외에 달리기 연습은 한 적도 없었다. 그래서 실제로는 남들만큼 뛰긴 하지만, 제대로 오래 훈련한 러너에 대항하여 다리로 이길 리가 없다는 건 아유무 자신도 잘 알았다.

그러나 아유무에게는 장기로 단련한 지성이 있다.

다리로 이기지 못한다면, 머리로 이기면 될 일.

스타트 위치에 선 아유무는 미하시의 덩치 큰 선수를 올려다보았다. 러너라기보다는 투포환 선수 같은 체형이었다. 이름이 나가츠카였던가.

후후후. 나가츠카, 지금부터 너를 위해 무시무시한 함정을 파 주마…….

아주 사악한 웃음을 짓고 있다가 눈이 마주치고 말았다.

"힉."

움츠러드는 아유무에게 나가츠카는 씩 웃음을 지어 보였다.

"나는 나가츠카 노부히코. 잘 부탁해! 편하게 불러도 돼!"

좋은 녀석의 기운을 느끼고 아유무는 더욱 뒷걸음질 쳤다. 영 마음에 안 드는 타입이다. 차라리 하세쿠라 같이 귀찮은 타입이 더 어울리기 편할 성 싶다.

"기억하는 게 좋을 거다. 너를 패배시키는 자의 이름을. 나의 이름은 카도와키…….."

아유무가 말하고 있는데, 나가츠카가 덥석 손을 잡아 악수를 했다.

"아야야!"

엄청난 힘이었다.

"와하하, 미안, 미안."

악의는 없는 것 같았지만, 그래서 더 다루기가 어려웠다. 아유무는 결심했다. 이런 타입에게는 그 수법을 쓰자.

"갑작스럽지만, 나한테는 병에 걸린 여동생이 있어……."

뜬금없이 아유무는 자신의 사연을 마구 지어내기 시작했다.

"뭐라고?"

나가츠카가 당황했다.

"수술을 하지 않으면 동생은 살 수 없어. 하지만 동생은 수술을 무서워하고 있지. 그래서 나는 말해 주었어. '이 오빠가 꼭 스트라이드에서 이길게! 그러니까 너도 수술을 꼭 받도록 해!' 라고 말이야."

나가츠카는 진지하게 아유무의 이야기를 들었다.

"그래서 이 승부는 절대로 질 수 없어! 여동생을 위해서……."

이 거짓말이 제대로 먹히면, 제대로 부담감을 줄 수 있을 것이다. 나가츠카는 크게 고개를 끄덕였다.

"그런 사연을 들으면, ……꼭 이겨서 동생에게 용기를 주라고 말하고 싶지……."

"그렇지?"

효과가 있구나! 아유무는 승리를 확신했다.

"그러나 1구간은 내가 이길 거다."

"뭐시라! ……내 이야기 들었지?"

"여기서 내가 대충 경기를 하면, 네 동생에게 줄 용기가 값어치가 없어지잖아. 그럴 수는 없어!"

"하윽……!"

"카도와키, 싸워서 이겨! 동생을 위해 나는 너에게 있어 높은 벽이 되고 싶어! 그 결과, 네가 혹시 지더라도 나중에 다시 만회하면 되잖아! 만회하지 못한다면, 그건 네 팀 멤버들의 책임이야! 그게 바로 동료라는 거 아니겠어?"

그렇게 말하며 나가츠카는 호쾌하게 웃었다.

"이 몸이…… 한 방 먹었다?!"

나가츠카는 단순하기만 한 남자는 아닌 모양이다.

아유무는 안경이 떨어지지 않도록 고정하는 밴드를 잡아당겨 탁 소리가 나게 자신의 머리를 때렸다. 기합을 넣는 자신만의 방식이다.

"조잡한 짓은 그만하겠어. 정정당당하게 이길 테니까."

"과감한데! 너 참 마음에 든다!"

"고맙다."

"이 시합, 누군가는 지겠지. 그렇지만 걱정하지 마! 그래, 인생은 기니까!"

당연한 소리만 해대는 나가츠카의 말에 어쩐지 아유무는 긴장이 풀렸다.

완전히 나가츠카의 페이스에 휘말리고 말았다.

《저기, 카도와키 선배, 뭐하는 거예요!》

인터컴을 통해 사쿠라이 나나의 목소리가 흘러나왔다.

"응? 다 들렸어? 그런 건 얼른 알려 줘야지, 사쿠라이 씨!"

《어쩐지 끼어들기 뭐해서……. 그것보다 좀 있으면 스타트예요.》

"알았어."

《힘내세요!》

나나의 응원에 등을 떠밀려 아유무는 스타트 위치에 섰다. 주위에 있는 관객들의 시선이 몸에 쿡쿡 박히는 것 같았다. 이렇게 주목을 받는 건 태어나서 처음 있는 일이었다. 모두가 아유무와 나가츠카의 스타트를 기다리는 중이었다.

《On your mark.》

인터컴과 거대 모니터 옆의 스피커에서 합성된 음성이 들려왔다. 주변의 환성이 커졌다. 그리 기분 나쁘지는 않았다.

스타팅 블록에 발을 올리고 두 손을 대고 자세를 잡았다.

《Get set.》

아유무는 크게 숨을 들이쉬었다.

《GO!》

힘껏 블록을 차며 뛰어나갔다. 하지만 벌써 다리가 아팠다.

좀 더 스타트 연습을 할 걸 그랬어!

아유무가 한 걸음 내디딜 때마다 나가츠카와의 거리가 벌어졌다. 저렇게 근육이 많이 붙은 몸이라 무거울 텐데도 엄청 빠르네.

관객이 뭐라고 말하고 있다. 힘내라는 성원이리라.

아무리 힘을 내어도 나가츠카는 도저히 따라잡을 수가 없었다. 이제까지 쌓아 올린 것 자체가 아예 수준이 달랐다. 그래도 아유무는 전력으로 지면을 박찼다.

스타트 직후부터 카도와키 선배는 한껏 뒤처졌다. 하지만 선배는 포기하지 않았다. 태블릿 위 아이콘의 움직임을 보면, 선배가 최선을 다해 뛰고 있다는 게 절절히 전해져 왔다.

"상대는 신경 쓰지 말고 본인의 페이스로 달리세요!"

인터컴에 대고 말했다. 물론 대답은 없었다.

역 앞의 스트레이트 코스를 직진해서 첫 코너. 청년 취향의 물품을 파는 백화점의 흰 건물 모퉁이를 왼쪽으로 꺾었다. 부스에 있어도 응원 소리가 들려 왔다. 러너가 달리자 환성도 함께 따라왔다.

대형 모니터에 시선을 주니 몇 초 늦은 중계 영상이 전송되고 있었다.

나가츠카 선수의 독주였다. 혼자서 뛰면 아무래도 페이스가 떨어진다. 그래도 카도와키 선배가 따라잡을 정도는 아니었다.

나가츠카 선수가 이노카시라 공원 입구에 도달했을 때, 카도와키 선배는 수십 미터 전에 있는 고가를 지나던 참이었다.

코스대로 나아가던 나가츠카 선수는 차도에서 보도로 들어갔다. 점점 거리가 벌어지기만 했다.

《토금이~ 된다면~.》

카도와키 선배의 외침이 들려왔다. 토금이 도대체 뭐지? 하지만 그런 의문을 날려 버리는 일이 곧바로 일어났다.

"지름길?!"

카도와키 선배가 차도에서 갑자기 보도로 들어갔다. 대형 모니터에 가드레일을 허들처럼 뛰어넘는 카도와키 선배의 모습이 비쳤다.

"선배, 굉장하다!"

관객이 들끓었다. 아주 조금이긴 하지만 확실하게 거리를 좁히고 있다.

"카도와키 선배가 가드레일을 뛰어넘었어요! 기믹, 싫다고 했으면 서⋯⋯!"

인터컴으로 모두에게 상황을 중계했다.

《응응. 역시 아유무는 할 때는 하는 애라니까!》

코히나타 선배의 들뜬 목소리가 되돌아왔다.

이노카시라 공원에 들어가면 바로 테이크 오버 존이다. 나는 정신을 다시 차리고, 이 시합의 첫 릴레이션을 머릿속으로 그렸다. 블라인드 구역에서 교대를 준비하고 있는 코히나타 선배를 향해 지시를 내렸다.

"코히나타 선배, 세트!"

《OK.》

나보다 조금 빨리 옆에서 카모다 씨가 릴레이션 지시를 내리기 시작했다. 나가츠카 선수와 미하시 팀의 두 번째 주자인 시마 선수는 별 문제 없이 하이터치를 마치고 교대했다.

상대방을 신경 쓸 틈은 없다. 테이크 오버 존에 가까워지는 카도와키 선배의 위치와 스피드를 태블릿으로 확인했다.

400m의 코스를 전력으로 달리는 바람에 선배는 벌써 잔뜩 지쳤다. 실수는 절대로 하면 안 된다.

"쓰리, 투, 원……."

딱 정지한 코히나타 선배의 아이콘은 마치 힘을 모으고 있는 듯했다.

"GO!"

내 지시와 함께 코히나타 선배가 뛰어나갔다.

순식간에 가속을 하여 테이크 오버 존 한가운데에서 카도와키 선배와 나란히 섰다.

호흡이 딱 맞았다. 최적의 타이밍에서의 릴레이션.

《뒤는 너에게 맡긴다아아!》

카도와키 선배가 쓰러지는 소리가 인터컴 너머로 들려왔다.

첫 번째, 일단 이어졌다……!

후우우, 하고 숨을 내쉬고 있다가 시선을 느꼈다. 옆에서 카모다 씨가 내 쪽을 바라보고 있다. 눈이 마주치자 어쩐지 힘없는 미소를 지으며 시선을 돌렸다.

"……."

나는 내 릴레이션에 집중하고 있어서 정확히 뭐라 말할 수는 없다. 하지만 카모다 씨의 릴레이션에는 어쩐지 위화감이 존재했다.

어쩐지 미하시의 선수들은 카모다 씨…… 릴레이셔너의 지시로 움직이는 것 같지가 않았다. 지시는 내리고 있지만, 전혀 듣고 있지 않는 것 같다고나 할까.

타이밍을 재는 독특한 방법이 있는 걸지도 모르지만……. 하지만…….

내 의심과는 상관없이, 시합은 점점 진행될 뿐이다. 시합 시간은 기껏해야 겨우 몇 분에 불과하다. 이기고 싶다면 한눈을 팔 틈은 없다.

나는 코히나타 선배의 달리기에 의식을 집중했다.

05

좀처럼 울릴 일이 없는 쿠가 쿄스케의 핸드폰이 착신을 알렸다.

핸드폰 화면에는 전화 번호 대신 '발신 번호 표시 제한' 이라는 문자가 표시되어 있을 뿐이었다.

해외에서 온 전화였다.

통화 버튼을 누르니 잡음 속에서 낭랑한 남자 목소리가 흘러나왔다.

《오랜만이다, 쿄스케.》

그 목소리를 쿄스케는 잘 알고 있었다.

《저기 말이야. 또 나랑 같이 하자.》

뭘 하자는 건지 목적어도 넣지 않고, 말이 이어졌다.

"······나는 이제 스트라이드를 할 자격이 없어."

《그게 무슨 소리야. 쿄스케는 여전하구나.》

"······."

《나, 쿄스케의 그런 면이 좋더라.》

상대는 키득거리고 웃더니 속삭이는 듯한 어조로 말했다.

쿄스케는 대답하지 않았다. 그래도 전화 저편의 남자는 신경 쓰지 않고 말을 이었다.

《곧 일본으로 돌아갈 거야. 그러면 꼭 맞이하러 갈 테니까.》

쿄스케는 대답도 하지 않고 전화를 끊었다.

그 목소리의 주인은 야가미 토모에. 예전에 같은 팀이었던 남자.

그리고 야가미 리쿠의 형이었다.

STEP 03 INTERVAL

SIDE NANA SAKURAI

사쿠라이 나나

「단 선생님의 조언」

키치죠지 스프링 스트라이드 페스에의 출전 결정! 첫 시합을 위해 스트부는 연습에 힘을 더했다. 나도 이젠 태블릿 조작이나 릴레이션 지시를 내리는 법에도 익숙해졌지만…….

 "GO!"

내 지시로 후지와라가 달리기 시작했다. 속도를 올리며 앞을 달리는 야가미를 바짝 쫓았다.

야가미가 손을 내밀었다. 후지와라가 터치하면 릴레이션 성공!

……그런데 후지와라는 터치를 하지 않고 야가미를 그냥 앞질러 가 버렸다.

 "어이, 후지와라! 터치를 해야지!"

"……네가 너무 느리잖아. 느린 릴레이션은 의미가 없어."

"뭐라고?! 네가 아까 따라잡지 못하니까 이쪽이 바로 앞에서 감속해 준 거잖아."

"그런 걸 날림이라고 하는 거야."

"아, 진짜! 알았어. 다시 한번 더 해!"

계속 이런 상태다.

'신입생 환영…… 입부 시험 때는 그렇게나 깔끔하게 릴레이션을 했었는데…….'

두 사람 모두 연습에는 열심이라서 어느 페어보다도 많이 연습하고 있는데도 둘의 릴레이션은 잘 이루어지지 않았다.

이럴 때는 코치인 단 선생님과 상담을 하는 게 낫겠지?

"어쩌다 잘될 때도 있긴 한데요……. 입부 시험 때처럼은 잘 안 돼요."

"그때의 릴레이션은 '우연'에 불과하지."

"네……?"

"재현할 수 없는 이상 그건 너희의 실력 밖의 문제라는 뜻이다."

"그럴 수가……. 제가 너무 목표를 높게 잡은 걸까요?"

"아니. 이상을 추구하는 건 스포츠맨으로서 필요한 자세지. 괜찮다."

"그럼 역시 좀 더 연습을 하는 게 낫겠죠……?"

"아니. 그 반대지."

"네?"

"오늘부터 시합까지 야가미와 후지와라 사이의 릴레이션 연습은 1일 1회로 정해 놓고 해라. 그 외에는 절대로 하지 말고. 이건 코치 명령이라고 모두에게 전하도록."

"네에? 왜 그런 결정을 내리시는 건데요?"

"해 보면 안다."

그렇게 말하며, 선생님은 대화를 마쳤다.

"뭐어? 선생님이 그렇게 말씀하셨다고?!"

"……도대체 무슨 생각으로?"

"코치 명령이니 어쩔 수 없지 뭐."

"어쩐지 선생님은 KGB 때부터 전혀 변함이 없으시네."

"전에는 좀 더 끓어오르는 열혈 교사였는데—."

" '서라, 하세쿠라아아아앗———! 아직 끝나지 않았다!!' "

"왜 내가 등장하는 거냐……."

" '하세쿠라! 저 별이 보이는가! 스트라이드의 별이다!' "

"그런 말 안 했어. 하긴 그때는 좀 성가시긴 했지."

"서, 성가시다니……."

"1일 1리터의 피를 토하는 게 기본이었고."

"매일 20kg이나 되는 짐을 메고 등교를 해야 했지."

"허억! 정말요?!"

"그럴 리가 있겠냐! 믿지 말라고! 그보다 카도와키, 너 그때 스트부에 없었잖냐……."

"핫핫핫. 그럼 역시 그거려나? 여학생들의 인기를 독차지 하고 싶어서 노선 변경을 했다든가."

"그럼 매일 트레이닝복 입는 것부터 그만두셨겠죠……."

"선생님 댁의 옷장에는 전부 그 트레이닝복만 있대."

"그러니까 사실인지 알 수도 없는 얘기는 그만해!"

"전부 같은 트레이닝복……. 그렇군. 생각도 못했어."

"어, 뭐가?"

"트레이닝복은 이제 됐다니까! 아무튼 오늘 릴레이션은 한 번만 하라는 거잖아? 그럼 한 번에 정확히 성공시켜 봐."

"아, 네!"

"네."

'……하지만 정말 연습량을 이렇게 줄여도 괜찮을까?'

"사쿠라이, 나 열심히 할게! 이 한 번에 전력을 다할 테니까 꼭 봐 줘!"

"당연하지. 마지막까지 방심하지 마."

"우리 열심히 해 보자!"

그리고 야가미와 후지와라, 그리고 나는 단 한 번의 릴레 이션 연습을 시작했다.

그 결과는…….

"해냈다—! 굉장해. 지금까지 중에서 제일 잘했어."

신입생 환영회 때 정도는 아니었지만 굉장히 좋아졌다!

"지금 게 마지노선이야. 더 잘할 수 있어."

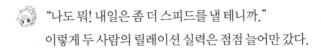

"나도 뭐! 내일은 좀 더 스피드를 낼 테니까."

이렇게 두 사람의 릴레이션 실력은 점점 늘어만 갔다.

"연습을 할 수 없으니까 나중에 자꾸만 고민을 하게 되더라고. 그날의 릴레이션에 대해서 말이야."

하루의 연습량을 줄인 덕분에 한 번 할 때마다 집중할 수도 있고, 릴레이션의 이미지도 명확해졌다. 무작정 노력만 했다면 분명 이런 건 알아차리지도 못했을 거다.

두 사람의 호흡도 맞고, 릴레이션도 성공하게 되자 나의 문제점도 보이게 되었다. 좀 더 지시를 내리는 타이밍을 철저하게 재지 않으면 두 사람이 망설이게 될 것이다.

릴레이션은 셋이서 하는 것임을 새삼 깨닫게 되었다.

'해 보면 안다고 단 선생님이 말씀하셨잖아. 해 보니까 알 수 있었고, 알기 위해 해 보는 거야! 그런 건 좀 내 방식에 맞는 것 같아. 감사합니다, 선생님!'

그리고 마침내 시합 전날. 마지막 연습 날.

"선생님, 요전에 조언해 주셔서 감사합니다!"

"……그럼 또 한 가지 조언을 해 주지. 선수는 생물이다."

"?"

"태블릿 화면에 나오는 데이터는 정확하지. 그렇지만 그것만으로는 알 수 없는 것도 있는 법이다."

"그건 뭔가요?"

🗨 "릴레이셔너에게 있어 가장 중요한 건 선수의 '지금', 그러니까 호흡이나 텐션을 느끼는 것이 중요하다는 뜻이지."

🗨 "느낀다……."

🗨 "신입생 환영회 때, 태블릿 조작도 서툴렀던 때의 일을 떠올려 봐라."

🗨 '그렇구나. 난 나만 잘하려고 했었어…….'

🗨 "너라면 잘할 수 있다."

🗨 "러너는 생물. 그러니까 빵 같은 거네요!"

🗨 "빵?"

🗨 "빵은 살아 있으니까, 그날의 기온이나 습도로 밀가루를 조정해야 하잖아요. 텔레비전에서 봤어요!"

🗨 "살아 있는 건 빵이 아니라 효모다만. 네가 하고 싶은 말은 아무튼 틀리지 않았다."

🗨 "네, 열심히 하겠습니다!"

야가미와 후지와라가 내 지시를 기다리고 있다.

태블릿에만 의존하지 말고, 두 사람의 얼굴을 보고 지시를 내리자. 그 직전──.

🗨 '오늘은 잘해야지! 잘해서 사쿠라이와 하이터치!'

🗨 '우리라면 잘 해낼 수 있어. 사쿠라이의 이미지대로의 릴레이션을.'

──두 사람의 마음속 소리가 들린 것 같았다.

이번 달 ♥ 주목할 남자 번외편
사이타마 현립 미하시 고등학교 스트라이드부
카모다 케이 군 &
카모다 유우 군
독자에게 한마디!

「호난의 시대는 끝났어.
승자는 미하시야.」
「좋은 시합을
할 수 있으면
좋겠네.」

호난에 다니는 매력적인 남학생들을 매회 한 명씩 철저히 소개하는 코너. 이번에는 번외편으로서 미하시 고등학교 스트라이드부 소속의 꽃미남, 카모다 형제를 인터뷰!!

——먼저 자기소개를 해 주세요!

케이 : 미하시 고등학교 스트라이드부 소속, 카모다 케이. 2학년이고 부장이야.

유우 : 마찬가지로 미하시 고등학교 스트부, 3학년 카모다 유우. 릴레이셔너지.

——두 분은 형제시죠?

케이 : ……그래.

유우 : 케이가 더 야무져 보이지만, 일단 내가 형이야.

——두 분의 스트라이드 경력은?

유우 : 고등학교 입학부터 시작했으니까 내가 3년째고, 케이가 2년째지.

——지금 여자 친구는 있으세요?

케이 : 어이, 그게 지금 상관있는 질문이야?

유우 : 우리 둘 다 유감이지만……(웃음).

——그럼 좋아하는 타입은?

케이 : 쓸데없는 질문을 하지 않는 녀석.

유우 : 배려심이 있는 애가 좋아.

——독자들에게 한마디 해주세요!

케이 : 옛날의 호난이라면 모르겠지만, 지금 호난에게는 질 것 같지 않아.

유우 : 우리 선수들도 빨라. 상대 학교이긴 하지만, 우리도 응원해 주면 좋겠어.

프로필CHECK!!

이름	카모다 케이	카모다 유우
소속된 반	2학년	3학년
신장	179cm	181cm
체중	63kg	60kg
혈액형	A형	B형
취미	음악 감상 (자주 하리가야한 테서 CD를 빌린다)	사진 (동생을 찍으려다 혼난다)

신생 호난 스트부·데뷔전 결정!

시합 결과에 따라 스폰서 정식 결정 되나

☆

호난

호 난 월 보

특별호

호난학원 신문부

특별호 발행!
☆코믹스 한정☆
전격 Girl's Style 본지에서는 게재되지 않았던 호난 월보를 특별호로서 코믹스에서만 한정 수록합니다!

수도권에서 최근 봄의 대표적인 이벤트로서 친숙한 「키치죠지 스프링 스트라이드 페스」. 기념할 만한 호난 스트라이드부 데뷔전이 이 이벤트의 비공식 시합으로 결정되었다.

4월 29일~30일, 이틀간, 평소에도 인파로 북적이는 키치죠지 역 앞이 노점이나 LIVE, 그리고 무엇보다 스트라이드의 열기에 의해 더욱 활기로 넘칠 예정이다.

대전 상대는 과거에 몇 번이나 현 대표로 빛을 냈던 강호, 사이타마 현립 미하시 고등학교 스트라이드 팀(시합은 30일 14시 스타트).

유명한 사실이지만, 고교 스트라이드는 동아리 활동임에도 스폰서가 필요한 특수 경기다. 재작년까지 호난 고교의 스트라이드부에는 대형 시계 메이커 「OCEAN's」가 스폰서로 지원을 해주고 있었지만, 작년 계약 해지를 한 상태다.

올해는 호난 스트라이드부의 스폰서로 「D's 인터내셔널」이 임시 결정되어 있다고 한다. 이 데뷔전의 승패가 정식 결정의 열쇠라고 할 수 있다.

대전 상대인 미하시 고교와 이야기를 나누어 보았다.

【시마 군의 말】
「설마 학교 체육복을 입고 우리한테 도전장을 내밀다니 오히려 존경하고 싶다니까. 게다가 걸 서녀라니 완전 웃긴데! 이기는 건 당연히 우리겠지만, 일단 노력은 해 보시지?」

【에이후쿠 군의 말】
「이 시합에서 이기면 우리 릴레이셔녀와 호난의 릴레이셔녀를 교환하지 않겠어? 응?」

【나가츠카 군의 말】
「너희 그런 말을 하면 실례잖아! 호난과는 정정당당 스포츠맨십으로 겨루어서 좋은 승부를 하고 싶습니다!」

【하리가야 군의 말】
「……저는 부장의 지시를 따를 뿐입니다. 어떤 상대라도 약하다고 생각하지 않습니다. ……이제 됐죠?」

STEP 03

VISUAL NOVEL SERIES
PRINCE OF STRIDE 01

RUN FOR YOUR RIGHT

CHARACTERS
호난 스트부 2·3학년

나나 및 다른 1학년들의 선배에 해당하는 스트라이드부 2학년들&3학년. 「KGB」라고 불리는 사건 이후, 부원이 격감한 스트라이드부를 이 세 명에서 간신히 유지해 왔다. 전원이 장기부이자 스트부를 겸임하며, 부실도 장기부와 겸용한다.

코히나타 호즈미
HOZUMI KOHINATA

2학년, 러너. 귀여운 외모지만 의외로 분위기 메이커에 약삭빠른 일면도. 대가족 중 장남으로, 남들을 잘 돌봐준다. 허리에 매달고 다니는 고양이는 동생들한테서 받은 선물.

카도와키 아유무
AYUMU KADOWAKI

2학년, 러너. 겸 장기부 부장. 스트라이드 마니아이기도 하며 전국의 유명 고교에 대한 정보를 많이 알고 있다. 호즈미와는 1학년 때 같은 반이어서, 둘이서 엉뚱한 만담을 하는 콤비를 결성한 지 꽤 오래되었다.

하세쿠라 다이안
DIANE HASEKURA

히스의 누나로, 대형 의류업체 「D's 인터내셔널」을 혼자 일으킨 수완 좋은 사업가. 모델인 동생 소나와 둘이서 히스를 괴롭히는 게 일과.

하세쿠라 히스
HEATH HASEKURA

3학년, 러너. 스트라이드부 부장. 혼혈에 화려한 외모지만, 사실 매우 털털함. 앞머리를 내리면 어려 보이기 때문에 일부러 올리고 있다 (누나들은 불만임).

STEP 04

VISUAL NOVEL SERIES
PRINCE OF STRIDE 01

DAYDREAM BELIEVER

【코히나타 호즈미(호난) vs. 시마 아오이(미하시)\제2구간】

이노카시라 연못 쪽에서 나무들을 흔들며 시원한 바람이 불어왔다. 긴장과 흥분으로 달아오른 피부를 부드럽게 쓰다듬어 주었다.

"설마 내가 호난의 레귤러 선수가 될 줄이야……."

코히나타 호즈미는 제2주자의 스타트 에어리어에서 천천히 무릎 운동을 했다. 온 몸의 혈관을 타고 혈액이 순환했다.

과거에 호난은 스트라이드의 강호라고 불리는 학교였다.

사쿠라이 나나가 스트라이드부에 들어가겠다고 결심한 계기, 그 동영상이 찍혔던 2년 전을 마지막으로 황금시대는 끝이 났다. 그래도 다음 해, 호즈미가 입부했을 때는 부원들이 꽤 많았다. 그랬는데 KGB, 그러니까 쿠가 폭력 사건 후, 스트부에는 하세쿠라 히스와 호즈미만 남게 되었다.

만약 황금시대가 계속 이어졌다면, 호즈미의 실력으로 레귤러가 되기는 다소 어려웠을 수도 있다. 호즈미도 발이 느린 편은 아니지만, 더 대단한 선수들이 있었던 것이다. 쿠가 쿄스케, 야가미 토모에……

"L・O・V・E, 시마~."

스타트 에어리어 주변에 있는 여자애들의 성원을 듣고 호즈미는 정신을 차렸다. 미하시 고교의 제2주자, 시마 아오이의 팬들이었다.

"야, 저기 말이야."

시마가 말을 걸었다.

내가 아니라 저 여자애들한테 말을 걸면 좋을 텐데…….

"그 역 앞에 있는 간판 말이야."

D's 인터내셔널의 광고. 히스의 누나에 의해 여장을 하고 만 호즈미의 사진을 가리키는 것이었다.

"뭔데."

호즈미의 목소리가 살짝 험악해졌다. 스트부의 부원들이면 그렇다 쳐도, 관계도 없는 녀석들이 뭐라고 말하는 건 마음에 들지 않았다.

"그 사람, 네 누나야?"

"……뭐?"

"그럼, 여동생?"

"그게……."

시마는 완전히 오해하고 있었다. 설마 호즈미 본인이 여장을 했으리라고는 상상도 못하는 모양이다.

"오오, 부정은 안 하네. 역시 빙고? 근데 진짜 예쁘지 않냐? 네 시스터."

"어어."

그런 말을 들어도 좀 곤란하지만, 부정하는 것도 귀찮은 일이었다.

"그러니까 우리가 이기면 네 시스터의 전화번호를 알려주는 걸로."

"뭐어?"

호즈미에게 있어 예상 밖의 전개였다.

"근데 어차피 우리가 그냥 이길걸. 운명적으로 그렇게 되지 않겠어?"

시마는 그렇게 말했지만, 어디까지가 진심인지 알 수가 없었다.

나를 도발하고 있는 건가? 호즈미는 짜증이 났다.

《카도와키 선배가 가드레일을 뛰어넘었어요!》

뒤틀렸던 감정을 싹 사라지게 하는 듯, 나나의 목소리가 호즈미의 귀에 들어왔다.

"응응. 역시 아유무는 할 때는 하는 애라니까!"

관객의 웅성거림이 가까워졌다. 바로 저편에 제1주자인 두 사람이 다가오는 중이었다. 크게 숨을 들이쉬며 마음을 진정시켰다.

시마가 몸을 굽혔다. 스타트 자세. 먼저 달려오는 건 미하시의 나가츠카였다. 시마는 틈을 두지 않고 달려 나갔다.

《코히나타 선배, 세트!》

시마의 스타트가 있고 조금 뒤에 나나의 목소리가 들렸다. 이게 바로 아유무와 나가츠카의 시간 차였다. 호즈미도 스타트 자세를 취했다.

《쓰리, 투, 원…….》

호즈미가 있는 세컨드 스타트 에어리어에서 제1주자인 아유무가 뛰어오는 메인 코스는 보이지 않는다. 그래서 스타트 에어리어와 메인 코스를 잇는 길을 블라인드라고 부른다.

《GO!》

나나의 신호와 함께 지면을 박차며 호즈미가 뛰쳐나갔다.

블라인드를 빠져나와 메인 코스 상에 있는 테이크 오버 존으로 나갈 때까지 앞 러너가 어디까지 달려왔는지 살펴볼 수가 없다. 불안은 속도를 늦출 뿐이다. 그러나 호즈미는 릴레이셔너를 믿으며 버텼다. 아유무와의 릴레이션은 지금까지 몇 번이나 연습했다.

블라인드의 출구가 가까워졌다. 수많은 관객들의 모습도 보였다.

메인 코스로 뛰어들기 직전, 눈앞을 아유무가 가로질렀다.

이 타이밍! 아주 좋아, 사쿠라이!

이거라면 연결할 수 있다. 나머지는 호즈미에게 달렸다.

아유무는 상당히 속도가 많이 떨어져 비틀거리고 있었다. 스트라이드에서 한 구간은 약 400m, 어떤 러너도 전력으로 달릴 수 있는 건 400m가 한계라고 한다. 그래서 스트라이드의 릴레이션은 다음 러너가 앞의 러너를 앞지르면서 터치를 한다.

아유무가 오른손을 어깨 위로 들며 배턴 터치의 자세를 잡았다. 호즈미는 스쳐 지나가면서 손바닥을 마주쳤다.

짝!

높다란 소리와 함께 릴레이션이 이어졌다.

쾌감이 손바닥에서부터 온 몸으로 퍼졌다. 어쩌면 이렇게 기분이 좋은지! 아유무의 최선을 다해 달렸던 마음이 전해져 왔다.

자연히 웃음이 흘러나왔다. 발이 가벼웠다. 뛰어 오르듯 지면을 차며 나아갔다.

테이크 오버 존이 끝나자 바닥이 흙으로 변했다. 2구간은 이노카시라 공원 안을 달리는 코스다. 눈앞에 화려한 색깔의 벽이 가까워졌다. 첫 번째 장해물(기믹)이다. 아직 시마의 뒷모습은 보이지 않았다. 이미 첫 기믹은 돌파한 게 분명하다.

그냥 뛰기만 하는 거라면, 덩치가 크고 보폭이

넓은 신체 구조가 유리하다. 그러나 기믹은 다르다.

호즈미는 지면을 박차며 윌 꼭대기를 붙잡았다. 두 발을 모으며 뛰어올라 스피드를 내는, 높고 신속한 볼트.

공중을 날아오른 호즈미에게 벚나무들의 싱싱한 연둣빛 잎새들을 뚫고 황금빛 햇살이 쏟아졌다.

스트라이드 시합이 제일 재미있다.

호즈미는 진심으로 그렇게 느꼈다.

02

역 앞에 설치된 대형 모니터에는 연속된 윌을 차례로 뛰어넘는 시마 선수의 모습이 비쳐졌다. 코히나타 선배의 모습을 좀 보여 주면 좋겠지만, 카메라가 쫓는 건 톱 러너뿐이다. 시마 선수가 이를 악물고 윌을 뛰어 넘는 표정이 클로즈업 되었다. 기믹 수준이 얼마나 높은지 느껴질 정도였다.

2구간 중반. 3연속 기믹을 시마 선수가 넘자마자 코히나타 선배가 모니터 구석에 비쳤다. 선배는 두 번째의 윌을 뛰어넘은 참이었다. 이제 윌 한 개만 남긴 거리까지 따라잡았다! 세 개 째의 윌을 뛰어넘었을 때, 선배의 표정이 활짝 폈다.

"괜찮아. 꼭 따라잡을 테니까!"

선배의 그런 목소리가 들린 것 같았다.

"하리가야, 세트."

옆자리에서 미하시의 릴레이셔너, 카모다 유우 씨의 목소리가 들렸다.

코히나타 선배보다 앞서고 있다고는 하나, 지시가 너무 빠른 게 아닌가 싶었다.

서드 스타트 에어리어는 이노카시라 공원의 연못에 걸린 다리 건너편이다. 다리를 건넜을 때부터 메인 코스와 연결이 되면서 바로 테이크 오버 존이 시작된다. 합류 지점에는 2구간의 마지막 기믹인 최대 크기의 벽(그레이트 월) 2연속, 그다음에 거대한 입방체(휴즈 큐브)가 있다. 제2주자는 이 세 개의 기믹을 넘고 나서 제3주자와 릴레이션한다.

태블릿 화면으로는 알 수 없지만, 공원 내 코스인 2구간은 업 다운이 심하다. 미하시의 시마 선수는 달리기 쉬운 코스를 골라 달리고 있었다. 뒤쫓아 가는 코히나타 선배는 업 다운은 신경 쓰지 않고 똑바로 시마 선수를 쫓았다. 코히나타 선배의 용수철 같이 유연한 다리이기에 가능한 기술이다.

나는 그걸 눈으로 쫓으면서 다음 러너인 하세쿠라 선배에게 말했다.

"하세쿠라 선배, 세트."

《오우.》

짧은 대답이 돌아왔다. 코히나타 선배가 점점 쫓아가고 있긴 했지만, 아직 조금 거리가 남은 상황이었다. 그레이트 월에 먼저 도착한 건 시마 선수였다. 2연속인 그레이트 월과, 그 다음에 있는 큐브는 순서대로 점점 높이가 높아진다. 아주 골치 아픈 배치였다.

카모다 씨가 인터컴에 손을 대었다.

"하리가야, GO."

GO 신호가 너무 빠르잖아! 카모다 씨의 지시를 듣고, 반사적으로 그런 생각이 들었다. 아니면 내 감각이 잘못되어 있는 건가?!

마음은 조급했지만, 내 감각을 믿을 수밖에 없었다. 나는 코히나타 선배가 두 번째 월의 꼭대기를 붙잡을 때까지 기다렸다.

"쓰리, 투, 원."

이제야 쓰리 카운트를 시작했다. 하세쿠라 선배라면 분명 이 타이밍이야!

"GO!"

"읏!"

인터컴을 통해 하세쿠라 선배의 짧은 기합 소리가 들려와서, 달리기 시작했다는 걸 알았다.

상대보다 느린 스타트. ……였을 텐데, 어째서인지 태블릿 상에는 하세쿠라 선배와 하리가야 선수의 아이콘이 나란히 선 상태였다.

하리가야 선수가 스타트를 늦췄나? 하리가야 선수에게 보낸 GO는 내가 하세쿠라 선배한테 보낸 신호보다 더 빨리 나왔는데, 어째서 그런 거지?

"잘 버티는구나."

카모다 씨는 태블릿을 보면서 그렇게 말했다.

혹시 아까 카모다 씨가 내린 지시는…….

"페이크야. 이런 전법도 있다는 거지."

온화한 어조로 그렇게 말했다. 하지만 나를 바라보는 카모다 씨의 눈에는 날카로움이 깃들어 있었다.

내가 따라서 GO 신호를 하도록 빠른 타이밍으로 일부러 거짓 신호를 보냈다……. 역시 카모다 씨는 릴레이셔너다. 이기기 위해 싸우고 있다.

당했다.

아주 조금, 하세쿠라 선배에게 보내는 GO가 너무 빨랐을지도 모른다.

하지만 하세쿠라 선배라면 괜찮을 거다……!

나는 기도하는 심정으로 태블릿을 바라보았다.

【코히나타 호즈미(호난) vs. 시마 아오이(미하시)\제2구간】

"라스트!"

시마 아오이는 휴즈 큐브에 손을 대었다. 블록 형태인 이 기믹은 한 변이 2m 정도나 되어서, 시마의 신장 160cm를 훨씬 넘을 정도다. 측면을 걷어차서 몸을 끌어 올렸다. 옆에서 호난의 러너, 코히나타 호즈미가 마찬가지로 큐브를 걷어차는 중이었다.

뭐야, 이 녀석은!

자신의 특기인 기믹으로 이렇게까지 내몰린 적은 처음이었다. 나가츠카가 벌려 놓은 차는 거의 제로였다.

이런, 큰일이야. 케이한테 쥐어 터질지도 몰라!

기믹 때문에 힘이 빠진 몸에서 시마는 마지막 기력을 짜냈다.

한 걸음이라도, 일 초라도 앞서 가야 한다. 절대로 뒤처지면 안 된다!

한 손으로 온 몸을 지탱하면서, 몸을 내던지듯 큐브 위를 향해 열심히 올랐다.

큐브 아래 저편에 제3주자인 하리가야가 대기 중이었다.

그대로 온 몸을 던져 땅바닥으로 롤. 흙투성이가 되면서 대시!

코히나타가 배후를 바짝 뒤쫓는 기척이 났다.

저 녀석, 시스터 어쩌고 해도 흔들리지도 않는가 보네.

젠장, 아무래도 좋은 얘기 따위는 하는 게 아니었어. 내가 갖고 싶은 건 승리라고!

"어서 와, 하리가야!"

내민 손바닥에 충격이 지나갔다. 하리가야와의 릴레이션, 성공이다.

남은 건 나도 모르겠다—! 우리 팀에는 아직 에이후쿠와 케이가 있으니까. 무슨 일이 있어도 그 둘이 어떻게든 해 주겠지. 아니, 해 주는 게 아니라 꼭 하라고!

전신에 축적했던 에너지를 다 써서, 시마는 지면 위로 굴러 넘어졌다.

주변에서 타월이나 스포츠 드링크를 손에 든 여학생들이 달려왔다. 그녀들의 손에 부축을 받으며 시마는 의식을 잃었다.

03

코히나타 선배가 두 번째 그레이트 월을 넘었을 때, 하세쿠라 선배가 테이크 오버 존에 접근했다.

카모다 씨의 유도에 홀린 탓에 릴레이션의 타이밍이 어긋나 버렸다.

"낮춰 주세요!"

하세쿠라 선배에게 짧게 지시를 내렸다. 모처럼 스피드를 높여 놓았는데, 코히나타 선배를 기다리기 위해 감속하지 않으면 안 되었다. 간신히 좁혀 놓은 차가 또 벌어지고 말 것이다.

그런데도 하세쿠라 선배는 스피드를 떨어뜨리지 않았다. 이대로라면 코히나타 선배보다 하세쿠라 선배가 먼저 테이크 오버 존에 들어갈 판국이다. 그렇게 되면 릴레이션 실패로 실격이다.

그런데도 괜찮다는 듯 하세쿠라 선배의 달리기는 힘찼다. 나는 그 이상 말을 하는 것을 그만두었다. 하세쿠라 선배는 그 속도 그대로 마지막 큐브 앞에 도착했다.

그때 코히나타 선배가 큐브 위에서 도움닫기를 하더니 끝자락에서 몸을 날리듯 공중으로 뛰었다.

"!"

공중에서 측면 공중제비(사이드 플립). 하세쿠라 선배의 머리 위를 뛰어넘는 것처럼 움직이더니……

짜악!

그대로 공중에서 하이터치!

"굉장해……. 이어졌어……."

하세쿠라 선배는 하이터치한 손을 번쩍 치켜들면서 기세를 타고 질 주했다.

슈퍼 플레이에 대형 모니터를 보던 관객들 사이에서 엄청난 웅성거 림이 솟구쳤다.

롤으로 착지하여 쓰러진 코히나타 선배한테 카메라가 향했다. 선 배는 역시 진심으로 기뻐하면서 활짝 웃는 얼굴이었다.

【후지와라 타케루(호난) vs. 카모다 케이(미하시)╲제5구간】

《하세쿠라 선배가 미하시와 나란히 섰어!》

장착한 인터컴에서 사쿠라이 나나의 목소리가 들려왔다.

화려한 전개라고 후지와라 타케루는 생각했다. 제5주자(앵커)의 스타트 에어리어에서 앞으로의 일에 집중하며 내면을 맑고 선명하 게 유지시켰다. 타케루는 이렇게 스타트를 기다리는 순간이 좋았다.

스타트 전에 쓸데없이 말을 거는 러너들도 있지만, 타케루는 그런 사람들의 심리가 당최 이해되지 않았다. 자신이 먼저 말을 걸지도 않지만, 누가 말을 걸어도 대답하지 않는다.

미하시의 앵커, 카모다 케이도 타케루와 똑같은 타입인 모양이다. 타케루에게 주의를 기울이지도 않았다.

그저 초조한 듯 스마트폰 화면을 바라보면서 가끔 손가락으로 리듬을 타듯 톡톡 두드려댔다.

타케루는 처음에 그게 긴장을 풀려고 하는 동작인 줄 알았지만, 어쩐지 위화감이 들었다.

미하시의 러너, 하리가야가 달리기 시작한 것과 거의 동시에 케이가 스마트폰 화면을 두드렸기 때문이다.

그리고 하리가야와 시마의 릴레이션은 베스트 타이밍이었다.

타케루는 한 가지 가능성을 알아차렸다.

이 녀석…… 러너이면서 릴레이션의 타이밍을 자신이 재고 있었던 건가?

04

【하세쿠라 히스(호난) vs. 하리가야 히사토(미하시)＼제3구간】

코히나타 선배와의 릴레이션이 제대로 이루어진 덕분에 하세쿠라 선배와 하리가야 선수는 나란히 달리게 되었다.

두 사람의 격전지인 3구간은 테크니컬 코스다. 공원 출구에는 일반적인 육상 경기에 절대로 있을 수 없는 급경사의 계단이 기다리고 있다. 굳은 미소를 지으며 계단을 달려 올라가는 하세쿠라 선배의 얼굴이 대형 모니터에 비쳤다. 반면 하리가야 선수는 무표정만 유지할 뿐이었다.

계단을 올라가면 좁다란 골목길 코스다. 가게나 일반 주택 앞에 로프가 쳐져서, 두 사람이 나란히 달리기에는 너무 좁은 길목이다.

먼저 코스로 들어간 쪽이 압도적으로 유리. 두 러너는 한 치의 양보도 없이 계단을 올라갔다. 가장 먼저 위에 도착한 건 두 사람 모두 거의 동시였다. 그대로 골목길로 들어섰다. 점점 코스가 좁아졌다. 그래도 어느 쪽도 양보를 하지 않았다.

두 사람은 어깨가 닿기 일보 직전의 상태에서 마치 이인삼각처럼 밀착하여 좁은 골목을 달렸다.

진행 방향의 왼쪽이 하세쿠라 선배, 오른쪽이 하리가야 선수. 좁은 골목을 빠져나간 곳에 있는 이노카시라 거리로 나갈 때, 우측 커브를 해야 하니까 인코스가 되는 쪽인 하리가야

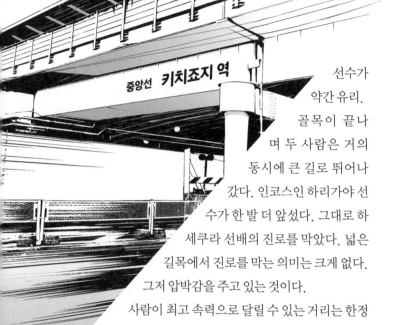

중앙선 **키치죠지 역**

선수가 약간 유리. 골목이 끝나며 두 사람은 거의 동시에 큰 길로 뛰어나갔다. 인코스인 하리가야 선수가 한 발 더 앞섰다. 그대로 하세쿠라 선배의 진로를 막았다. 넓은 길목에서 진로를 막는 의미는 크게 없다. 그저 압박감을 주고 있는 것이다.

사람이 최고 속력으로 달릴 수 있는 거리는 한정되어 있다. 한 번 스피드를 내면 감속할 수밖에 없다. 그래서 최고 속력으로 달리는 거리를 얼마나 늘릴 수 있는지가 승부의 관건이다.

여기서 두 사람의 체력 차이가 나타났다. 넓은 거리인데도 하세쿠라 선배는 하리가야 선수 바로 뒤를 바짝 따라 붙어 조금씩 압박감을 가하면서 앞지르려고 했다.

모니터에 비친 하리가야 선수의 표정에 살짝 초조함이 엿보였다. 그러나 다시 하세쿠라 선배의 진로를 끈덕지게 차단했다. 굉장히 뛰어난 실력이다. 하세쿠라 선배는 뚫고 나갈 타이밍을 놓치고 말았다.

"두 사람이 동착이라면 이미 우리의 승리야. 다음 주자인 에이후쿠는 우리 중 가장 빠르니까."

줄어드는 두 사람의 거리를 보면서 카모다 씨가 말했다. 그 말은 결코 페이크를 걸려고 하는 말이 아니었다. 에이후쿠 선수는 중학교 시절, 칸토 지역 8위에 들었던 빠른 발의 소유자다.

그렇다면 조금이라도 릴레이션을 잘 연결해서 야가미에게 도움을 주고 싶다. 그게 릴레이셔너의 역할이니까!

하세쿠라 선배와 하리가야 선수, 두 러너가 테이크 오버 존에 가까워졌다. 케이오 선의 고가를 지나 3구간의 최후 코너. 이번에는 하세쿠라 선배가 인코스다.

"야가미, 세트!"

"에이후쿠, 세트."

'나와 카모다 씨는 거의 동시에 지시를 내렸다. 코너를 돈 하세쿠라 선배와 하리가야 선수는 다시 나란히 달리고 있었다.

"쓰리, 투……."

두 러너가 동시에 뛰어든다면 릴레이셔너가 GO 신호를 주는 것도 동시다.

하지만.

"GO."

카모다 씨가 에이후쿠 선수에게 지시를 내렸다. 태블릿 상에서 에이후쿠 선수의 아이콘이 움직이기 내달리기 시작했다.

"원."

이번에는 카모다 씨한테 휩쓸리지 않았다. 야가미의 스타트 대시는 매우 뛰어나다. 다른 사람과 같은 타이밍으로 GO 신호를 주었다가는 앞의 주자인 하세쿠라 선배보다 빨리 테이크 오버 존에 도착하고 만다. 기다리지 않으면 안 되는 몇십 분의 일 초가 너무나도 길게 느껴졌다.

"GO!"

안달이라도 났던 것처럼 야가미가 뛰쳐나갔다. 누구보다도 빠른 로켓 스타트.

순식간에 최고 스피드에 올랐다. 야가미는 에이후쿠 선수의 등을 쫓아 블라인드 안을 질주했다.

"1학년인데도 제법이네. 일반적으로는 더 빨리 GO 신호를 주는데 말이야."

카모다 씨는 지친 표정으로 말했다. 모니터에 비친 에이후쿠 선수를 보고 나는 한 가지 확신을 얻었다.

에이후쿠 선수는 카모다 씨의 GO보다 살짝 늦게 뛰어나갔다.

미하시의 러너들은 카모다 씨—— 릴레이셔너의 지시를 따르고 있는 게 아니었다.

05

【야가미 리쿠(호난) vs. 에이후쿠 타케시(미하시)＼제4구간】

"좀 더 열의를 갖고 하라고."

후지와라는 틈만 나면 그런 말을 했다. 그것도 아주 깔보는 표정으로.

그게 야가미 리쿠는 영 마음에 들지 않았다.

물론 진심으로, 열의를 갖고 한다. 나는 사쿠라이를 위해 달리겠다고 결심했으니까.

그리고 릴레이션이 잘 안 되는 건 나 때문이 아니다. 반쯤은 그 녀석한테도 책임이 있다.

마음에 들지 않는 점은 그 외에도 있다.

"후지와라, 입학 전부터 사쿠라이를 알고 있었어?"

언젠가 동아리 활동을 마치고, 야가미 리쿠는 계속 궁금했던 것을 물어보기로 결심했다. 후지와라 타케루가 사쿠라이를 전부터 알고 있다는 듯한 말투였던 게 신경 쓰였기 때문이다.

"……너하고는 상관없는 일이야."

후지와라는 나를 가만히 쳐다보더니 싸움이라도 거는 식으로 말을 내뱉었다. 평소처럼 깔보는 표정으로 그런 소리를 했다면 대번에 말다툼으로 번질 것이다.

그런데 그때 후지와라는 매우 쓸쓸한 표정을 지었다.

항상 젠체하는 그 녀석이 그런 미묘한 얼굴을 할 줄은 몰랐다. 그래서 더 이상 아무 말도 할 수가 없었다.

뭐랄까 그런 건 반칙이다. 그래서 그 녀석이 참 마음에 안 든다.

그리고 그 녀석이 심한 노력가라는 점도 그렇다.

타케루가 필요 이상으로 연습을 한다는 건 리쿠도 알고 있다.

"토모에 같잖아……."

리쿠의 형, 야가미 토모에는 연습 머신이었다.

리쿠는 태풍이 몰아치던 그날을 떠올렸다.

초등학생 때의 일이었다. 토모에와 리쿠는 함께 주니어 스트라이드 클럽 팀에 소속되어 있었다.

엄청난 호우가 내리는 날, 누군가가 빼먹은 탓에 연락이 오지 않았다.

연락은 안 왔지만, 이런 빗속에서 연습을 할 리가 없다. 집에서 텔레비전 게임에 푹 빠져 있던 리쿠가 문득 정신을 차렸을 때, 토모에는 없었다.

설마 했다.

얼른 우산을 들고 항상 연습했던 운동장으로 갔더니 토모에가 혼자서 잔뜩 비를 맞아가며 오늘의 연습을 하고 있었다.

"아무도 중지라고 말하지 않았으니까."

그렇게 말한 토모에는 웃으며 서킷 트레이닝을 재개했다.

리쿠는 그런 형에게 아무 말도 하지 못하고 우산을 들고 멍하게 서 있을 수밖에 없었다.

그 이후로 리쿠는 형과 함

께 연습하는 게 싫어졌다.

형은 좋아서 하는 스트라이드에 너무 얽매여 있다.

토모에는 강하다. 하지만 저렇게 되고 싶지는 않았다. 그래서 스트라이드와 거리를 두려고 마음 먹었다.

스트라이드는 도대체 뭐지?

즐기는 것이지 속박되는 게 아니잖아?

형이나 후지와라는 나와는 다른 시선으로 스트라이드를 보고 있는 건가……?

나는 딱히 연습이나 노력이 싫은 게 아니다. 스트라이드를 즐기고 싶을 뿐인데.

《야가미, 세트.》

사쿠라이 나나의 목소리가 들렸다. 리쿠는 숨을 토해내며 스타트 자세를 취했다. 스타트 에어리어에서는 미하시의 에이후쿠가 벌써 위치에 서 있었다.

"후다닥 가 버릴 테니까 잘 봐라, 호난."

그렇게 말하며 에이후쿠는 웃어 보였다. 이 녀석은 스트라이드를 즐기고 있을까?

"저기 말이야, 동아리 연습은 좋아해?"

생각에만 머물던 의문이 입 밖으로 나왔다.

"뭐? 좋을 리가 있겠냐. 하지만 빨라지고 싶으니까 하는 거지 뭐."

에이후쿠의 대답을 듣고 조금 마음이 편해졌다.

"그렇지? ……고마워."

속도가 빨라지면 재미있다. 그 마음은 나도 잘 안다.

"헤헷. 이상한 녀석이네. 하지만 나쁘지 않아."

《스리, 투······.》

카운트다운이 시작되었다. 실실거리며 웃던 에이후쿠도 진지한 표정을 지었다.

《원.》

나나의 목소리가 들렸다. 이제 곧이다. 온 몸에 힘을 모으며 그때를 기다렸다.

옆에 있던 에이후쿠가 뛰어 나갔다. 이끌려 리쿠도 달려 나갈 뻔했다. 하지만 아직 GO 신호는 나오지 않았다.

에이후쿠의 스타트 대시는 굉장했다. 정식 코치 밑에서 단련된 진짜 육상 선수의 폼. 이걸 몸에 익히기 위한 연습량은 보통이 아니었을 거다.

나나의 지시는 아직 오지 않았다. 이렇게 느려서 에이후쿠를 따라잡을 수 있을까? 나나를 믿고는 있지만, 리쿠의 가슴 속에서 초조함이 자꾸 고개를 치켜들었다.

《GO!》

왔다! 나나의 목소리에 튕겨 나가기라도 하는 것처럼 리쿠는 질주를 시작했다.

스타트 대시라면 누구에게도 지지 않는다. 테이크 오버 존에서 에이후쿠와 나란히 서고 말 테다!

점점 에이후쿠의 등이 가까워진다. 에이후쿠를 좇아 테이크 오버 존으로 뛰어들자 하세쿠라 선배와 하리가야가 나란히 뛰어오는 게 보였다.

땀을 뻘뻘 흘리며 달리는 뒷모습을 보고 있자니 힘이 샘솟았다. 선배들이 이어 온 것을 허투루 넘겨 보낼 수는 없다.

마침내 에이후쿠와 나란히 섰다. 속도로 따라잡은 게 아니다. 에이후쿠가 릴레이션 조정을 위해 속도를 낮추었을 뿐이다. 그걸 알고 있어도 칸토 지역 8위에게 자신의 등을 보여 주는 건 기분 좋았다.

하세쿠라 선배가 손을 배턴 터치 자세로 내밀었다. 리쿠는 커다란 손바닥에 힘껏 자신의 손바닥을 내리쳤다.

기분 좋은 소리가 울렸다. 동시에……

"확 떨궈 버려!"

하세쿠라 선배가 외쳤다.

당연하지! 진짜 온 힘을 다해서 할 테니까!

리쿠가 달리는 코스는 큰 길을 북상하는 거의 직선 스피드 코스다. 다시 말해, 똑바로 뛰기만 하면 된다. 이런 건 특기다!

JR의 고가를 지나자 시야 왼쪽에 릴레이셔너 부스가 보였다.

아주 잠깐, 리쿠의 시야 한구석에 나나가 비친 것 같았다.

나나도 이쪽을 보고 있는 듯했다. 그게 등을 더욱 떠밀어 주었다.

옆에서 에이후쿠가 튀어나왔다. 빠르다. 이게 이 녀석의 최대 속도인가.

하지만 내가 더 빨리 달릴 수 있어!

꼭 봐 줘, 사쿠라이!

나는 마음껏 즐길 거야. 그리고 꼭 이길게!

리쿠는 다리에 힘을 주었다.

야가미와 에이후쿠 선수가 역 앞을 달려 지나갔다. 등을 꼿꼿이 편 채 코스 쪽을 주시하니, 인파 사이로 아주 잠깐 야가미가 보인 것 같 았다.

야가미는 빨랐다.

에이후쿠 선수의 속도에 끌려가기라도 하는 것처럼 스피드를 내는 중이었다.

4구간은 비교적 단거리의 스피드 코스. 바로 다음 릴레이션이 기다 린다.

"후지와라, 세트. 야가미는 평소보다 훨씬 빨라."

《알았어.》

연습 때, 야가미는 스타트 대시가 하도 강렬했기에 체력이 다 떨어 져 최대 스피드보다 상당히 감속한 상태로 테이크 오버 존에 진입할 때가 많았다.

그럴 때는 느린 릴레이션에는 의미가 없다면서 후지와라가 야가미 에게 하이터치를 해 주지 않았다.

하지만 이번에는 단거리. 체력 걱정은 좀 덜었다. 순식간에 야가미 와 에이후쿠 선수가 테이크 오버 존에 돌입했다.

연습 때보다 훨씬 스피드가 빨랐다!

이거라면 평소보다 빨리 지시를 낼 수 있을 것이다. 입부 시험 때처 럼 그 이상적인 타이밍으로.

"스리, 투, 원."

그래. 후지와라는 야가미의 이 스피드를 원했던 거구나……!

"GO!"

후지와라가 내달렸다. 대형 전자 제품 매장 옆으로 난 가느다란 길이 블라인드다. 큰 길로 들어서면 바로 테이크 오버 존이다.

이번에 카모다 씨는 앵커인 동생에게 지시마저 내리지 않았다. 어깨의 짐을 내려 안심했다는 표정이었다.

역시 그랬구나……. 동생 쪽은 카모다 씨의 지시를 필요로 하지 않았다. 자신의 판단으로 달려 나가는 것이었다.

카모다 씨는 이미 이 시합에서 손을 놓은 후였다.

릴레이셔너의 지시 없이 뛰어나가는 러너의 마음이라니……. 어떤 것일까. 나 같으면 너무 무서울 것 같다.

에이후쿠 선수가 먼저 테이크 오버 존에 들어갔다. 에이후쿠 선수를 쫓아 몇 걸음 뒤로 동생, 카모다 케이 선수가 바짝 다가왔다. 그리고 동시에 야가미가 진입했다. 그 뒤로 후지와라가 기세 좋게 뛰어들어왔다.

다음 순간 야가미, 케이 선수, 에이후쿠 선수가 옆으로 나란히 섰다. 에이후쿠 선수가 테이크 오버 존에 들어가기 전에 스피드를 떨어뜨려 완전한 릴레이션을 우선시했기 때문이다. 에이후쿠 선수와 케이 선수가 별 탈 없이 릴레이션에 성공했다.

테이크 오버 존의 절반을 지났는데도, 호난의 릴레이션은 아직 이루어지지 않았다. 야가미는 전혀 스피드를 떨어뜨리지 않고, 케이 선수와 나란히 달리기만 했다. 마치 후지와라가 자신을 앞지르지 못하게 하려는 것처럼 그저 내달릴 뿐이었다.

이대로라면 테이크 오버 존을 벗어날 거야……. 그러면 바로 실격이다.

케이 선수와 나란히 선 야가미는 테이크 오버 존이 끝나기 일보 직전의 지점에서 손을 뻗었다.

짜악!

"성공했다!"

닿았다! 후지와라가 세게 손바닥을 부딪쳤다. 아슬아슬했지만, 릴레이션은 성공!

케이 선수의 바로 옆에서 릴레이션을 끝낸 후지와라는 마치 야가미의 스피드를 이어받은 것처럼 속도를 올렸다.

미하시가 먼저 들어갔던 테이크 오버 존, 그러나 빠져나온 건 호난과 미하시 양쪽 모두 동시였다.

릴레이션의 힘으로 호난이 미하시를 바싹 따라잡은 것이다!

【후지와라 타케루(호난) vs. 카모다 케이(미하시)＼제5구간】

미하시 고교 스트부 부장, 카모다 케이는 완전히 호난을 얕보고 있었다. 여자 릴레이셔너에, 유니폼마저 갖추지 못하는 열악한 자금 사정. 그런 어설픈 꼴로 한 번 망한 부가 간단히 되살아날 리가 없다. 미하시와는 각오부터 달랐다.

호난의 1학년들이 릴레이션을 할 수도 없을 정도의 속도로 테이크 오버 존에 돌입했을 때, 스트라이드의 기본도 모르는 녀석들인 줄 알았다. 테이크 오버 존 안에서 릴레이션 할 수 없으면 단번에 실격. 리스크가 너무 높았다.

그래서 케이 바로 옆에서 녀석들이 하이터치를 하는 순간, 귀를 의심했다.

진정한 톱 스피드에서의 릴레이션. 그건 케이가 이상적이라고 마음속에 그려왔던 릴레이션이었다.

이건 그 여자 릴레이셔너의 능력인가?

아니, 이 타이밍에서 지시를 내렸다면 분명 내가 릴레이셔너를 한 대 갈겼을 거다. 리스크가 너무 높으니 말이다. 왜 호난의 러너는 이런 지시를 따르는 거지?

미하시의 릴레이션 지시를 내리고 있었던 건 릴레이셔너인 유우가 아니라, 러너인 케이였다. 나보다 지시를 잘 내리는 사람도 없고, 나보다도 잘 뛰는 건 에이후쿠 밖에 없다. 그러니 내가 전부 하는 수밖에 없다.

하지만 내가 이런 지시를 내렸다면 녀석들은 따라와 주었을까?

첫 코너가 보였다. 몸을 기울이면서 커브를 달렸다. 바깥쪽에서 기척이 가까워졌다.

호난의 앵커!

말도 안 돼……. 이 1학년, 나보다 빠른 건가?

동시에 테이크 오버 존을 빠져나왔는데도, 호난의 스피드가 더 웃돌고 있다는 뜻인가.

나는 결코 느리지 않다. 릴레이셔너와 앵커를 동시에 하면서 달릴 수 있는 건 미하시에서 오직 나뿐이다!

아무리 자신에게 그렇게 말해도, 케이는 이제 스스로를 믿을 수 없게 되었다.

　나는…… 그때의 미하시를 되찾고 싶었을 뿐이야.

　2년 전. 중3이었던 케이는 예비 부원이었던 형을 따라 미하시 고등학교 스트라이드를 관전하러 갔다.

　시합 회장은 카와고에 역 앞. 그때 본 미하시의 러너는 바람처럼 빠르고, 물 흐르는 것 같은 릴레이션으로 이어져 있었다. 케이는 그날 밤, 좀처럼 잠을 잘 수 없었던 것으로 기억한다.

　나도 그런 스트라이드를 하고 싶다. 케이는 스트라이드가 가진 마력에 매료되었다.

「EOS 우승」

　일 년 후, 미하시 스트부의 부원이 된 케이는 유우와 함께 부실에 그런 포스터를 붙였다. 형과 함께, 미하시에서 EOS 우승을 노린다. 진심이었다.

　미적지근한 연습이 싫어서 선배들한테도 과감하게 달려들었다. 3학년 선배들은 귀여워해 주었지만, 2학년들은 그런 케이를 싫어해서 점점 다른 부로 빠져나가 버렸다.

　1학년들도 남은 건 다소 개성적인 애들뿐이었다. 칸토 지역 8위를 자랑할 정도로 빠른 다리를 가졌지만, 하는 짓은 초등학생 수준인 에이후쿠, 장난만 치는 시마, 자신감이 영 부족한 하리가야. 나쁜 녀석은 아니지만, 말이 통하지 않는 나가츠카. 그러나 모두 케이의 노력과 그 성과만큼은 인정해 주었다.

케이가 2학년이 되자, 미하시의 3학년은 유우만 남게 되었고 유우는 케이에게 부장 자리를 넘겨주었다.

케이는 그 시절의 미하시를 되찾고자 필사적이었다. 그런데 유우의 릴레이션은 너무 느슨했다. 미하시의 약점은 릴레이셔너인 형, 유우였다. 릴레이션이 잘 이루어지지 않으면 그 시절 미하시의 스트라이드에 가까워질 수 없었다.

"그러니까 형은 항상 GO가 늦는다고!"

어느 날 연습 중, 마침내 케이가 형에게 버럭 고함치며 따졌다.

"……미안."

"그럼 아예 케이가 릴레이셔너를 하지 그래?"

에이후쿠가 느긋하게 말했다.

"그런 간단한 문제가 아니야. 그럼 이 중에서 나 이외에 앵커를 할 수 있는 사람 있어? 앵커는 빠르다고 해결되는 게 아니라고!"

"하긴 케이가 제일 적임자이긴 하지만……."

진지하게 고민하는 나가츠카.

"알아. 미안, 내가 케이의 기대에 부응하지 못하니까……."

형은 정작 중요한 곳을 과감히 공격할 줄을 모른다. 동생인 케이는 그걸 잘 알았다. 그래서는 그 시절 보였던 미하시의 릴레이션을 이루어낼 수가 없다.

그래서 케이가 릴레이션의 지시를 내리기로 결정했다. 규칙상 애매하긴 했지만, 태블릿과 케이의 스마트폰을 사용하여 팀 안에서만 알 수 있는 신호를 정했다.

"와우—! 그래, 난 바로 그 GO가 필요했다고, 부장님!"

팀의 최고 속도를 자랑하는 에이후쿠의 달리기는 케이가 지시를 내리게 되면서 더욱 가속도가 붙었다.

"블록이라……. 해 볼 수는 있을 것 같아."

자신감이 부족한 하리가야에게는 명확한 역할을 부여해 주었다.

케이는 누구보다도 진심이었다. 다만 그날 본 미하시의 스트라이드를 다시 한번 재현하고 싶다, 그러기 위해 최선을 다했다.

"형은 장식품일 뿐이니까. 규칙상 필요하니까 데리고 있는 거라고.”

“알아. 미안해, 케이.”

“……알긴 뭘 안다는 거야.”

그렇게 말했을 때, 상심한 유우의 얼굴이 머릿속을 스쳤다.

“너희는 내 말만 듣고 달리면 돼.”

어느새 그렇게 거만하게 말해도 아무도 거부하지 않는 팀으로 변모하게 되었다.

“그래도 괜찮아. 결국 우리는 항상 이기고만 있잖아.”

시마는 기쁘게 말하며 어깨동무를 했다.

그렇다. 케이가 지휘봉을 잡으면서 미하시는 이기는 팀이 되었다. 케이의 말만 들어서 이길 수 있다면 그리 심각하게 고민할 필요도 없다. 케이 이외의 선수들에게 있어 그건 참으로 편한 선택지였다.

하지만 케이는 아직도 만족하지 못했다.

우리 스트라이드는 진정한 미하시의 스트라이드가 아니다. 그런 마음이 계속 사라지지 않았다. 왜 그런 건지, 어떻게 하면 좋을지 그 해답을 찾을 수가 없었다.

그러나 지금 눈앞에서 본 호난의 스트라이드는—— 그때 봤던 진정한 미하시의 스트라이드에 가장 가까운 형태였다.

젠장! 왜 이 따위 녀석들이!

케이는 어금니를 꽉 깨물며 달렸다.

♛

　호난의 앵커, 후지와라 타케루가 케이를 저 멀리 앞지르며 나아
갔다.

　코너를 돌 때마다 차가 벌어졌다. 키치죠지 전체를 뒤덮는 인파. 미
하시를 응원하는 관객들의 성원이 따가웠다. 지금 당장이라도 도망
치고 싶다. 이런 식으로 느낀 건 처음이었다.

　그래도 케이는 계속 달렸다.

　후지와라 타케루는 압도적으로 빨랐다. 망설임이 조금도 없는 달리기였다.

이건 러너 개인의 힘이 아니었다. 그 무모하다고 할 정도의 절묘한 릴레이션이 있었기 때문에 가능한 달리기다. 그건 에이후쿠도, 케이도 할 수 없는 기술이었다.

우리는 왜 할 수 없었던 거지?

형도, 그 녀석들도 나를 신뢰했다. 내 말대로만 하면 진정한 스트라이드의 형태에 가까워질 수 있을 거라고 그렇게 믿었을 터——.

……아니구나.

우리가 목표로 한 스트라이드는 지금의 미하시가 나아가는 길에는 없다. 무엇보다 우리가 해왔던 건 진짜 릴레이션이 아니라고 모두 알고 있을 거다.

그래도 그 녀석들은 그런 나를 믿고, 모든 걸 맡기며, 주어진 자신의 역할을 완수하면서 만족하고 있다.

우리는 서로 신뢰하고 있다고 착각했던 것이다.

그런 비틀린 스트라이드로 EOS에서 우승하면 정말로 우리는 만족할 수 있을까?

그게 아니다. 나는 사실 형과 함께…… 형의 릴레이션으로 진짜 스트라이드를 하고 싶었던 거다……!

"호난의 시대는 끝났어."

시합 전에 나는 분명 그렇게 말했다. 끝이라고? 아니다……. 호난은 다시 움직이고 있다.

끝이 난 건…….

아케이드 거리의 쇼윈도가 지친 케이의 모습을 비추고 있었다.

아직이야, 자신의 모습을 떨쳐 내기라도 하는 것처럼 달렸다.

호난에 비해 우리는 아직…… 아무것도……!

07

　마지막 5구간은 후지와라의 독주 상태였다.

　페이스를 늦추지 않고, 안정된 달리기로 케이 선수와 거리를 점점 벌렸다.

　후지와라가 아케이드 거리를 빠져나와 역 앞으로 돌아왔을 때, 미하시와 엄청난 격차가 난 후였다. 굉장한 환성과 박수가 후지와라를 맞이해 주었다. 마지막까지 잠시도 방심하지 않는 승리자의 달리기. 골 테이프를 끊자 후지와라가 오른팔을 번쩍 치켜들었다.

　나는 계단을 타고 내려가는 것도 답답해서 릴레이셔너 부스에서 그냥 뛰어내렸다.

　바다가 갈라지는 것처럼 관객들이 옆으로 비

키자 길이 생겼다. 그 끝에 후지와라가 보였다.

나는 후지와라에게 달려가서 힘껏 높이 하이터치를 했다.

앵커와 릴레이셔너의 하이터치는 스트라이드의 승리 팀만이 할 수 있는 특권이다!

"와아! 해냈어!"

산소를 들이쉬려고 헐떡이는 후지와라가 강한 시선으로 나를 바라보면서 머리를 끄덕였다.

잠시 후에 발갛게 된 손바닥에서 아픔이 몰려왔다. 그 순간은 몰랐지만, 후지와라의 하이터치에는 상당한 힘이 담겨 있었다.

그걸 느끼자, 레이스의 장면들이 머릿속을 스치고 지나갔다. 모니터로는 보이지 않고, 오직 러너들만이 보았을 경치까지 다 보이는 듯했다.

그렇구나. 이게…… 시합 중에 모두가 이어 준 마음이구나.

몸이 뜨거워졌다. 손바닥에서부터 흘러들어온 모두의 마음이 기쁨과 감동 등 여러 가지 감정으로 변해 갔다. 내 몸만으

로는 버텨낼 수 없어 온 몸이 떨리기까지 했다.

"사쿠라이, 잘했다."

단 선생님이 내 어깨를 두드려 주었다.

"……네!"

내 떨림은 더욱 따뜻한 눈물로 바뀌었다.

몇 번이나 플래시가 터지며 큰 박수가 우리를 감쌌다.

크게 숨을 쉬며 땀범벅이 된 후지와라에게 누군가가 페트병을 건네주었다. 물을 뒤집어쓴 후지와라의 얼굴을 타고 투명한 물방울이 마치 작은 보석처럼 반짝거렸다.

08

시합이 끝나고 러너들이 테이크 오버 존에서 돌아왔다. 키치죠지 스트라이드 페스의 운영진이 배려를 해 준 덕분에 자전거 택시로 데려다주기까지 했다.

나와 후지와라는 골라인에 서서 모두를 맞이했다.

제일 먼저 돌아온 자전거 택시에 탔던 이는 카도와키 선배와 커다란 덩치의 나가츠카 선수였다. 두 사람은 택시에서 내린 후, 굳게 악수를 나누었다. 어느새 사이가 좋아진 모양이다.

"여동생의 수술, 잘됐으면 좋겠다!"

나가츠카 선수가 진지하게 말했다. 카도와키 선배가 지어낸 이야기를 아직도 믿는구나…….

"나가츠카…… 넌 정말 괜찮은 애다. 내 가슴이 아플 정도야."

"뭐라! 혹시 너도 병에 걸린 거냐?!"

"아니, 그게 아니라! 나는 괜찮다니까!"

"그렇구나. 그거 다행이다!"

두 사람은 웃으면서 골라인으로 다가왔다.

나를 보며, 카도와키 선배가 오른손을 들어올렸다. 짝, 하고 하이 터치.

"첫 전투, 수고가 많았어! 아주 잘했소이다!"

"선배도 굉장했어요. 가드레일 넘기라든가!"

"아하하……. 두 번 다시는 안 할 거야. 봐봐."

그렇게 말하며 수줍게 웃었다. 카도와키 선배의 다리에는 반창고 가 붙어 있었다. 가드레일을 넘을 때 상처가 났나 보다.

카모다 씨가 돌아온 나가츠카 선수를 묵묵히 맞이했다. 지면에 쪼 그려 앉은 채로 있는 케이 선수를 나가츠카 선수가 덮쳐 누르는 듯한 자세로 그 얼굴을 들여다보았다.

"졌구나! 케이!"

"……그래."

얼굴을 들지도 않고 케이 선수가 대답했다.

"너무 그렇게 신경 쓰지 마!"

"어떻게 신경을 안 쓰냐고."

"음, 그것 또한 나쁘지 않지."

나가츠카 선수가 호쾌하게 웃자, 거기에 이끌려 케이 선수도 쓴웃 음을 지었다.

다른 자전거 택시가 멈추더니, 거기서 야가미와 에이후쿠 선수가 내렸다.

"그러니까 후다다닷 뛰는 거야. 후다다닥이 아니야. 후다다닷이라고!"

에이후쿠 선수가 과한 몸짓을 섞어가며 뭔가 설명하는 중이었다.

"그러니까 그렇게 말해서 어떻게 아냐고!"

"아무튼 아─, 그냥 매일 뛰면 빨라져."

"설명을 포기했냐!"

두 사람은 스트라이드 연습에 대한 이야기를 하는 듯했다.

"사쿠라이!"

야가미가 나를 보더니 오른손을 들며 달려왔다. 어째서인지 에이후쿠 선수도 경쟁하는 것처럼 따라 달렸다.

"헤이, 호난의 릴레이셔너, 하이터치!"

"네에?"

나는 두 손을 들어, 야가미와 에이후쿠 선수 모두와 동시에 하이터치를 하고 말았다.

"왜 네가 하는 건데!"

야가미가 에이후쿠 선수에게 따졌다.

"뭐 어때. 분위기가 그렇잖아!"

그렇게 말하며 달려 도망가 버렸다.

하세쿠라 선배가 돌아왔다. 옆에는 하리가야 선수가 복잡한 얼굴을 하고 있었다.

"……그래서 저는 제 역할만 다 하면 된다고 생각했어요."

"이제 그걸로 만족할 수 없게 되었다는 뜻이지? 나쁘지 않아."

아니, 인생 상담? 하세쿠라 선배는 하리가야 선수를 격려하는 것처럼 보였다.

"하세쿠라 선배!"

그렇게 부르자 선배가 환히 웃었다.

"성공했어. 이걸로 D’s가 스폰서로 정식 결정이야!"

짜악! 하고 하이터치.

그리고 선배는 관객석을 둘러보았다.

"누나도 어디서 보고 있겠지."

하세쿠라 선배 누나의 회사, D’s 인터내셔널이 정식으로 스폰서가 되어 주는 조건은 이 시합의 승리였다. 이걸로 우리는 앞으로 시합을 계속 이어나갈 수 있게 되었다.

마지막으로 돌아온 건 코히나타 선배와 시마 선수였다. 모두 시합 후에 좋은 분위기로 돌아왔는데, 어째서인지 여기만 서로 다투는 중이었다.

"시스터가 귀엽다고 잘난 척하지 마. 2구간은 내가 먼저 돌파했었으니까! 그것만은 기억하고 돌아가."

"아, 네네. 승부는 우리가 이겼는데 말이지. 맞다. 그 포스터 대신에 오늘 사진을 미하시에 보낼 테니까. 부실에 붙여 놓고 분통이나 터뜨리라고."

"너 이 자식……."

무슨 얘기를 하는지 통 알 수가 없다. 시스터는 또 뭐람?

코히나타 선배가 시마 선수에게서 도망치듯 달려왔다. 그리고 나와 하이터치.

"코히나타 선배, 공중 1회전은 굉장했어요!"

그렇게 말하자 선배는 수줍어하며 웃었다.

"히스가 바로 들이치니까 그런 건데 뭐."

옆에서 튀어나온 하세쿠라 선배가 코히나타 선배에게 헤드록을 걸었다.

"내 탓이라는 거냐! 멋진 장면은 혼자 독차지하고!"

"항복! 항복!"

파닥거리는 코히나타 선배를 도와주려고 하는데, 시마 선수가 나한테 말을 걸었다.

"저기, 호난."

"아, 무슨 일이세요?"

또 무슨 말을 하려나…… 하고 긴장하고 있는데 뜻하지 않은 말이 시마 선수의 입에서 흘러나왔다.

"솔직히 걸 셔너를 얕봤어. 이번에는 우리가 졌어."

"아, 네."

시마 선수는 고개를 살포시 숙였다. 근데 걸 셔너는 또 뭐람…….

"자신감 가져도 돼, 걸 셔너."

왜 이렇게 거만하게 구는 거지……. 어처구니가 없었지만, 화는 나지 않았다.

"어이, 시마, 걸 셔너라니 실례잖아."

카모다 씨가 시마 선수에게 타박을 주었다. 그 단어 연발하지 마세요.

"아니, 좋은 뜻으로 말한 건데요."

"좋은 뜻……. 그런 거야?"

조금 망설이면서도 시마 선수를 쫓아낸 후, 카모다 씨는 내 쪽으로 몸을 돌렸다.

"호난, 축하해."

카모다 씨의 목소리는 잔잔했다.

"아, 감사합니다."

"첫 시합에서 1학년이 그 정도의 릴레이션을 보여주다니, 이거 영 체면이 말이 아니네."

그렇게 말하며 미소를 지었다. 뭐라고 대답하면 좋을지 알 수가 없었다.

"진짜 릴레이셔너한테는 러너의 마음 속 소리가 들린대. 너는 들을 수 있었어?"

"아직…… 잘 모르겠어요. 하지만 모두의 마음이 전해져 왔던 것 같아요."

"미하시의 러너 실력은 호난과 거의 동급이었다고 생각해. 하지만 릴레이션에서는 완패였어. 나도 잘 싸울 수 있는 릴레이셔너가 되고 싶었는데."

남 일처럼 말하는 카모다 씨.

그럴 수가…….

"되고 싶었다는 게 아니라 그렇게 되세요! 그렇지 않으면…… 릴레이셔너는 장식이라는 말까지 들으면서 그 자리에 있는 의미가 없잖아요."

연장자에게 너무 무례한 말일지도 모른다. 하지만 나는 카모다 씨한테 엉겨 붙어 있는 자포자기의 기운을 다 날려 버리고 싶었다.

"그래……. 그렇구나."

카모다 씨는 잠시 머뭇거리는 얼굴을 하다가 표정을 굳혔다.

나한테는 한 가지 더, 카모다 씨한테 묻고 싶은 점이 있었다.

"저어, 카모다 씨."

"응?"

"처음에 만났을 때 그랬잖아요. 왜…… 여자 릴레이셔너가 좋지 않다는 건가요?"

그게 계속 신경 쓰였다. 카모다 씨는 조금 부끄러워하는 얼굴을 하더니 이렇게 대답했다.

"그거야 좋아하게 되어 버리니까."

카모다 씨의 대답에 어쩐지 김이 빠지고 말았다.

"저, 벌써 모두를 좋아하는데요?"

지금 심정을 솔직히 말했더니 카모다 씨는 풉 하고 웃음을 터뜨렸다.

"그렇구나. 그럼 괜찮아. 넌 그런 '좋아하는' 감정인 거구나."

카모다 씨는 왜인지 시원스러운 표정을 지었다.

"EOS에서는 제대로 된 팀이 되어서 돌아올 거야. 또 같이 싸워 줄래?"

"네!"

"나도 부탁해."

동생이 카모다 씨 옆에 나란히 섰다.

"케이……."

"사과하지 마. ……우리는 오늘부터 스타트니까."

그렇게 말하며 카모다 씨의 가슴을 툭 쳤다.

우리는 골라인을 사이에 두고 오더 순서대로 섰다. 스타트 전에는 적의로 가득했던 미하시 고교였지만, 격렬한 스트라이드를 끝낸 지금은 러너, 릴레이셔너로서 연대감이 싹 터 있었다.

심판의 호령에 맞추어 맞은편에 있는 선수와 악수를 나누었다. 카도와키 선배나 야가미는 상대 선수와 악수도 하고 얼싸안기까지 했다. 이렇게 될 줄은 시합 전에는 상상도 하지 못했다.

나는 카모다 씨와 악수를 했다. 유우 씨의 손은 따뜻하고 힘찼다.

관객석에서 큰 박수가 솟구쳤다. 우레 같은 박수 소리에 둘러싸이자 첫 스트라이드 시합, 첫 승리의 기쁨이 다시 한번 몰려왔다.

09

"나나!"

"리코!"

대기실로 돌아간 호난 스트부를 신문부인 카와라자키 리코가 곧바로 찾아왔다. 우리는 서로를 꼭 끌어안았다.

"굉장한 시합이었어. 정말 멋지더라!"

평소에도 리코는 활발하긴 했지만, 이렇게까지 흥분한 건 처음 보았다.

"고, 고마워!"

"내일 호외를 돌릴 거야. 신문 일면 제목은 '**신생 스트부, 첫 승리!**'로! ……아, 이러고 있을 때가 아니지!"

리코는 온 지 얼마 되지도 않았는데 바로 대기실을 뛰쳐나갔다.

"나, 돌아가서 원고 써야 하니까. 그럼, 고생 많았어!"

후다닥 달려 나가는 리코를 하세쿠라 선배가 눈으로 좇았다.

"신문부도 애 많이 쓰는구나."

리코와 엇갈려서, 물건을 사러 나갔던 야가미와 후지와라가 돌아왔다. 두 손에는 페트병이 든 비닐봉지를 들고 있었다.

돌아온 야가미가 오른손을 들었다.

"사쿠라이! 한 번 더!"

짝! 하고 하이터치.

"예이." 하고 야가미가 환성을 질렀다.

묵묵히 후지와라도 왼손을 들었다.

짝! 후지와라하고도 하이터치.

"둘 다 정말 빠르고 멋있었어!"

야가미는 활짝 웃었다. 후지와라는 무표정. 평소와 똑같은 후지와라다.

"자자, 건배하자."

코히나타 선배가 솜씨 좋게 종이컵을 나누어주고, 카도와키 선배가 스포츠 드링크를 따랐다.

"그럼 선생님, 부탁드립니다."

단 선생님이 종이컵을 들고 일어났다.

"모두, 오늘 잘했다. 아직 문제점도 많지만……."

선생님의 시선에 모두의 등이 곧게 펴졌다. 역시 단 선생님은 좀 무섭다.

"시합에서 보였던 것이 팀의 실력이다. 오늘은 일단 이 결과를 즐기고, 내일부터 연습에 임하도록."

선생님이 컵을 기울였다.

"건배."

"건배!"

스포츠 드링크로 건배!

모두 상쾌한 얼굴로 단번에 마셨다.

"나도 한 잔 줘."

우리 사이로 불쑥 끼어든 이는…….

"다이 누나……!"

하세쿠라 선배가 비명 같은 소리를 질렀다. D's 인터내셔널 사장, 하세쿠라 다이안이었다.

"누님, 오늘도 여전히 아름다우시군요!"

카도와키 선배는 참 처세술이 뛰어나구나…….

"아첨은 됐고."

"하하, 엄하시네."

카도와키 선배는 그렇게 말하며 팔꿈치로 옆에 있는 야가미를 쿡쿡 찔렀다. 무슨 말이라도 하라는 사인.

"오, 오늘도 여전히 크시네요."

곧바로 카도와키 선배가 야가미의 입을 막았다.

"후후, 큰 건 키만이 아니란다."

"미국 현지의 아메리카 조크군요!"

코히나타 선배가 박수를 쳤다.

"너희, 혹시 스포츠 드링크로 취했냐. 그리고 우리 집은 영국계 하프거든. 아―, 정말 귀찮다아!"

머리를 쥐어뜯는 하세쿠라 선배 옆에서 단 선생님과 다이안 씨의 명함 교환 타임이 시작됐다. 어른이다.

인사가 일단락되자, 다이안 씨의 지시로 대기실에 박스가 옮겨져 왔다.

"자, 주목. 너희를 위해 우리 회사에서 신 브랜드를 창설하기로 했어. 그 이름도 'runruly(런루리)'."

다이안 씨가 그렇게 말하며 상자를 개봉하려고 했다.

"두두두두……."

야가미가 또 드럼을 두드리는 흉내를 냈다.

"짜잔!"

코히나타 선배가 상자를 향해 손가락을 흔들었다.

"기념비적인 첫 상품은 이거야."

안에서 나온 건 레이스용 하얀 트레이닝복. 호난 로고 마크가 선명히 새겨져 있었다. 다음 시합부터는 이 트레이닝복을 입고 출전하는 거구나……!

"멋있다!"

야가미는 트레이닝복을 받아 들고 기뻐서 부르르 떨었다.

"굉장해. 감동이야."

그대로 트레이닝복을 넋 놓고 바라보았다.

"미리 만들어 뒀으면 시합 전에 주면 좋았잖아."

투덜거리긴 했지만, 하세쿠라 선배도 기뻐 보였다.

"그래 놓고 지기라도 하면 브랜드에 먹칠을 할 테니 수치잖아."

"그런 건 엄격하구나……."

"당연하지."

"근데 누나 회사의 로고가 이렇게 작아도 되겠어? 선전하기에는 좀."

하세쿠라 선배가 트레이닝복을 뒤집으며 물었다.

"구슬 두 쪽 달고 무슨 그런 간 작은 소리를 하는 거야."

"구슬이라 하지 마!"

"좀 더 자신감을 가져. 너희 자신이 런루리의 로고가 되는 거야."

"역시 누님, 키뿐만이 아니라 성격도 빅하시군요!"

카도와키 선배가 고개를 끄덕이며 말했다.

"그러니까 앞으로도 계속 모델 부탁한다?"

그렇게 말하며 긴 속눈썹으로 윙크를 날리는 다이안 씨한테,

"에에엑."

하고 모두가 불평을 쏟아냈다. 물론 가장 소리가 컸던 건 호즈미 선배였다.

다이안 씨는 개의치 않고 트레이닝복을 나눠 주기 시작했다.

"자, 이게 나나 거야."

"감사합니다!"

다이안 씨가 갑자기 나나라고 친숙하게 불러 송구스러워하면서, 트레이닝복을 받아들었다.

나의 첫 트레이닝복. NANA SAKURAI라고 자수가 들어가 있다. 나도 모르게 트레이닝복을 꼭 끌어안았다. 호난의 트레이닝복을 입을 수 있게 되다니⋯⋯. 작년의 나에게 자랑하고 싶을 정도다!

"자, 입어 보렴."

다이안 씨의 재촉을 받아 상의만 입어 보았다.

"역시 예상대로야. 내 센스는 정확하다니까."

사이즈도 딱 맞았다.

"완전 움직이기 편해요!"

야가미가 두 팔을 빙빙 휘두르며 말했다.

"이 기장은…… 오더메이드?"

후지와라의 말에 다이안 씨가 씩 웃었다.

"당연히 오더메이드지. 촬영 때 치수도 쟀잖아?"

그걸 듣고 나는 숨을 삼켰다.

"D's의 오더메이드 제품이라니……. 굉장한 호사다…….''

"장기부도 이 트레이닝복으로 활동할까."

카도와키 선배도 기뻐 보였다.

"새로운 트레이닝복은 흰색이네."

코히나타 선배가 절절한 어조로 말했다.

그러고 보니 준결승 동영상에서 호난이 입고 있었던 건 파란색 트레이닝복이었다.

"나나의 이미지가 파란색은 아니었거든."

다이안 씨가 나를 가리켰다.

"저, 저요?!"

그런 이유로 색을 정해도 괜찮은 걸까.

"우울한 블루의 시대는 끝이야. 신생 호난 스트부는 태양빛을 잔뜩 받는 흰색의 시대인 거지!"

다이안 씨가 빛나는 웃음을 보였다.

"다음은 목표, EOS라는 거네요!"

내 말에 모두가 환성을 질렀다.

엔드 오브 서머. 동일본 최대의 여름 스트라이드 대회.

이제부터가 진짜다!

10

키치죠지 스프링 스트라이드 페스가 진행되는 이틀 동안, 일본 스트라이드 협회는 역 앞에 위치한 빌딩 최상층에 있는 대회의실을 빌려 VIP석으로 사용하고 있었다.

벽 한 면의 창문으로는 역 앞에서 열리는 대회의 모습이 훤히 보였다. 회의실의 액정 텔레비전에서는 역 앞의 대형 모니터와 같은 영상이 흘러나왔다.

이 특등석은 일반 판매가 되지 않는다. 스트라이드 협회에게 있어 특별한 인물들에게만 개방되어 있기 때문이다.

이날, 특등석을 차지하고 있던 건 사이세이 학원 스트라이드부의 레귤러 선수 여섯 명이었다.

"명문 호난 학원, 드디어 부활……인가?"

3학년, 부장인 스와 레이지가 즐거워하며 말했다.

"부활이라고 하기는 다소 위태로운 부분이 있었습니다만."

레이지 옆에 대기하고 있던 3학년, 마유즈미 시즈마가 답했다.

"하지만 재미있는 팀이 되었잖아. EOS 본선까지 올라올 수 있을지는 잘 알 수 없지만."

"그 점은 동의합니다."

"잠깐만요, 레이지 씨! 호난에는 그 쿠가 씨가 있잖아요! 오늘은 무슨 일인지 없었지만⋯⋯. 헉, 혹시 감기에 걸렸나? 큰일이야!"

1학년인 오쿠무라 카에데가 매달렸다. 그는 쿠가 쿄스케의 달리기에 동경심을 품고 있는 선수다.

"그럼 따지고 보면 오늘 페스는 호난의 2군이 출전했다는 뜻?"

3학년인 치요마츠 반타로가 창문을 통해 아래를 내려다보며 말했다.

"그럴지도 모르겠다. 3학년 출전은 하세쿠라 씨뿐이었으니까⋯⋯. 1학년 두 명도 꽤 하긴 했다마는, 저걸로 2군이라면 1군은⋯⋯."

"1학년 중에 에이후쿠와 달렸던 녀석 있었잖아?"

2학년, 교토 사투리를 쓰는 세노오 타스쿠의 말을 가로막으며 마유즈미 시즈마의 동생, 아스마가 의자에서 벌떡 일어났다.

"사람이 말을 하고 있지 않나."

세노오가 아스마를 째려보았다.

"야가미⋯⋯ 리쿠. 야가미 토모에의 동생 말이죠?"

형인 시즈마는 레이지에게 어떤 질문을 받더라도 대응할 수 있도록 대부분의 선수 데이터를 기억하고 있다.

"그렇군. 야가미 토모에의 동생이라."

"오, 호난 녀석들이 나왔다."

밖을 바라보고 있던 반타로가 뒤를 돌아보았다.

"잠깐 얼굴 좀 보고 올게! 카에데, 어쩔래?"

아스마의 물음에 카에데는 생글생글 웃으면서 고개를 저었다.

"쿠가 씨가 없으면 됐어요."

"멋대로 돌아다니지 마, 아스마. 주변이 소란스러워지니까."

레이지를 상대로 할 때와는 다른 어조로 아스마가 동생을 나무랐다.

"내가 얼굴로 들킬 만큼 눈에 띄겠냐. 이 중에서는 제일 내추럴 계열인데."

아스마가 물들인 머리를 매만지며 말했다.

"내추럴이라고 해도 남미의 새 같은 느낌이랄까?"

반타로의 태클이 날아왔다.

"뭐 어때. 자기가 알아서 하겠지."

그렇게 말하며 레이지는 웃었다.

사이세이 학원 스트라이드부의 실력은 칸토 지역 톱클래스. 지명도는 명백히 일본 제일이다.

그들 6명의 별명은 '갤럭시 스탠더드'. 현역 연예인이 다수 재적하는 사이세이 학원 안에서도 제일 높은 인기를 구가하는 댄스&보컬 유닛이다.

"야가미!"

교통 카드의 잔액을 다 쓰는 바람에 혼자서 역의 승차권 발매기 앞에 서 있는 야가미 리쿠에게 웬 모르는 남자 고교생이 말을 걸었다. 그는 빤히 리쿠의 얼굴을 들여다보았다.

"왜? ……아, 혹시 내 팬이라든가?"

시합 때문에 쌓인 피로가 풀리지 않아서 멍한 표정으로 리쿠가 대답했다.

"아하하, 너 재미있다. 난, 마유즈미 아스마. 잘 부탁해."

"응, 잘 부탁해."

"근데 너 형 있지?"

리쿠의 표정이 굳어졌다.

"……형한테 무슨 용건이라도?"

그 표정을 보고 아스마는 확신했다. 자신과 똑같은 처지라는 것을.

"아니, 나는 네 팬이야. 너나 나나 너무 잘난 형이 있어서 고생을 한다니까."

그렇게 말하며 아스마는 손을 내밀었다. 리쿠는 반사적으로 그 손을 쥐었다.

"나도 스트라이드를 해. 너랑 달리고 싶어. EOS의 예선 투어에서 만나자."

아스마의 도전적인 시선을 리쿠는 똑바로 받아냈다.

"그래!"

악수한 손에 힘을 주었다.

"그럼!"

체중이 느껴지지 않을 정도로 가볍게 아스마는 리쿠 앞에서 달려 사라졌다.

"지금 저 녀석, 어디서 본 것 같은데…….."

어디서 봤더라? 기억을 더듬고 있는 중이었다.

"야가미!"

개찰구 쪽에서 나나가 부르는 목소리가 들렸다.

"지금 갈게!"

리쿠는 웃으며 달려 나갔다.

STEP 04
INTERVAL

야가미 리쿠

「피리카에서 파티!」

 "야가미, 어서 와!"

 '앞치마를 입은 사쿠라이! 엄청 귀엽다……!'

나, 야가미 리쿠는 사쿠라이의 집에 초대되었다.

……말이 그렇지, 사쿠라이가 얹혀 사는 카페에서 승리 축하 파티를 하는 것뿐이다.

그래도 학교 이외의 장소에서 사쿠라이를 만나는 건 기쁘다.

 '너무 일찍 왔나…….'

딱히 흑심이 있었던 건 아니지만, 지각하는 것도 좀 그렇지 않나 하는 마음에 제시간보다 빨리 도착하고 말았다.

 '혹시 사쿠라이와 단둘이서 있는 걸지도……. 나, 어쩌지.'

 "……."

"……왜 후지와라가 있는 거야!"

"전원 참가라고 했으니까."

그리고 보니 가게 안에는 스트부의 선배들도 이미 모여 있었다.

"왜 이리 늦었느냐, 야가미!"

'내가 늦게 온 거구나…….'

"괜찮아. 다들 지금 막 왔거든."

"뛰었더니 빨리 도착해 버렸어."

"15분 전 행동은 신사의 기본 소양일세."

'하아…….'

모두 일을 분담하여 파티 준비를 시작했다.

"릿군, 컵 좀 줘 봐~."

"어, 릿군이라니. 저 말이에요……?"

"그럼 달리 누가 있는데?"

"아, 그런 식으로 불린 적이 없어서요."

"릿군, 나도 컵."

"릿군, 나도."

"완전히 정착이 다 됐네, 릿군."

"그냥 억지로 막 쓰는 거잖아요! 특히 하세쿠라 선배가."

"그렇지 않아, 릿군. 콜라 좀 따라 봐."

"그럼, 그럼. 릿군, 나도."

'하지만…… 사쿠라이한테 그렇게 불리면 기분 좋을지도.'

"야가미, 나도 마실 테니까."

"아, 야가미, 나도 한 잔 줄래?"

'후지와라! 괜찮은 분위기였는데 끼어들어서 망쳐버렸잖아!'

모두 앞에 주스가 담긴 컵이 놓였다.

"그럼 사쿠라이, 네가 건배사를 해 봐."

"그거라면 맡겨만 주세요!"

에헴, 하고 헛기침을 한 사쿠라이가 한마디 하려고 자세를 잡았다.

"갑작스러운 지명입니다만, 오늘은 참으로 경사스러운 날입니다."

"사쿠라이……?"

"자고로 연설과 기다림은 짧으면 짧을수록 좋다고 합니다만……."

"아니, 왜 갑자기 결혼식 축사를 하냐!"

"어어?! 집에서 하는 모임은 매번 이런 식이었는데……."

"아니, 이런 능란한 만담 재주가! 소인, 질투를 감출 수 없소이다!"

"…… '승리를 축하하며 건배' 라든가 그냥 일반적인 걸로 하면 되잖아!"

"……사쿠라이의 집에서는 저게 일반적이라잖아요."

"아아, 그런 거였군요. 아, 그리고 후지와라, 고마워."

'어라? 어쩐지 후지와라가 좋은 역할을 차지한 것 같은데…….'

"그럼 다시. 신생 스트부의 승리를 축하하며……!"

"건배!"

쨍, 하고 사쿠라이의 컵에 내 컵을 부딪쳤다.

그리고 마침내 신생 스트부의 첫 승리를 축하하는 파티!

테이블 위에는 사쿠라이가 만든 주먹밥이 산더미처럼 쌓여 있다. 이건 최고의 만찬이다!

 "그럼 부장님인 히스도 한 마디."

 "오우, 너희 잘했다."

그렇게 말하며 주먹밥을 우걱우걱 먹었다.

 "……."

"?"

"그게 전부?"

"단 선생님보다 짧잖아!"

"아, 사쿠라이의 릴레이션 엄청 좋았는데."

그렇게 화제를 던져 보았지만, 어느 틈인지 사쿠라이는 주방으로 간 바람에 내 말을 듣지도 못했다.

'어쩐지 타이밍이 너무 안 좋은데…….'

"응응! 특히 릿군과 '타케룽'의 하이터치가 최고였어."

"타케룽?"

"……아, 나구나."

"너밖에 없거든!"

"타케룽은 사쿠라이의 릴레이션이 어땠냐?"

"……."

"아, 타케룽이라고 부르면 대답을 안 할 셈이네."

그때, 주방에 있던 사쿠라이가 우리에게 말을 걸었다.

"릿군, 타케룽, 좀 도와주지 않을래?"

"! 물론이지!!"

"알았어."

"사쿠라이한테는 대답하고, 나한테는 안 하는구나……."

"아니, 생각하느라 그랬습니다. 사쿠라이의 릴레이션은…… 나쁘지 않았지만…… 우물."

하세쿠라 선배가 후지와라의 입 속에 주먹밥을 강제로 쑤셔 넣었다.

"알았으니까, 사쿠라이나 돕고 와."

"……(우물우물)."

사쿠라이가 준비한 건 수프 카레였다.

"저희 가게에서 제일 평이 좋은 메뉴예요. 코우 삼촌이 잔뜩 만들어 줬거든요."

"냄새 좋다. 상당히 본격적인걸."

"잘 먹겠습니다!"

"맛있다!"

피리카의 수프 카레는 놀랄 정도로 맛있었다.

"이 맛은 천하도 사로잡겠군."

"감사합니다. 많이 드세요."

딸깍, 하고 후지와라가 숟가락을 테이블 위에 떨어뜨렸다. 바로 주워들고 묵묵히 먹어 댔다.

"……쿨럭."

"괜찮아? 자, 물 여기 있어."

"……너무 맛있어서 놀랐어."

"처음으로 카레를 먹은 인류 같은 얼굴을 하고 있네. ……설마 진짜 처음은 아니겠지?"

"……."

"아, 후지와라. 전부터 느꼈지만, 넌 스트라이드 이외의 것에도 좀 관심을 가지는 게 좋을 거다."

"음음, 하긴 의심할 여지가 없는 스트라이드 바보이니 말이지요―."

"……바보라고요?"

"어라? 난 지금 칭찬한 건데. 미안, 미안, 타케룽!"

"……."

"아하하."

"하아……."

후지와라를 보며 사쿠라이가 즐겁게 웃자 어쩐지 가슴이 지끈거렸다.

'으음, 나답지 않잖아―!'

"야가미, 즐기고 있지?"

"응, 물론! 저기, 사쿠라이――."

"왜?"

카도와키 선배가 쾅! 하고 계산기를 테이블 위에 세차게 올려놓았다.

"스폰서 정식 결정으로 이제 동아리 운영비도 왕창 올랐단 말입지요—!"

"오오—!"

모처럼 사쿠라이와 대화를 하려고 했
는데. 어쩐지 그럴 분위기가 아니다.

"알기 쉽게 비자나무로 만든 고급 장기판으로 환산해 보자
면······."

"안 해도 돼."

"이걸로 소비품이나 기타 등등을 살 수 있단 말이지요."

"필요한 물품에는 뭐가 있어요?"

"운동장에서 사용할 라인 테이프나 구급용품 같은 거야."

"여분으로 갖다 놓을 인터컴이나 태블릿."

"프로틴."

"장기판이랑 말."

"그건 필요 없어."

"그럼 저, 바로 다음 주말에라도 필요한 거 사러 갈게요!"

"미안하네. 그럼 1학년들, 따라가 줘라."

'사쿠라이랑 쇼핑······!'

"프로틴에 대해서라면 후지와라가 종류를 잘 아니까. 이날은
어때?"

"······아니, 나는 그날 예정이 있어. 너희끼리 가."

'후지와라! 너, 진짜 좋은 녀석이구나!'

"그럼 야가미, 부탁해도 될까?"

"물론이야!"

"고마워. 잘 부탁해!"

 "나야말로 잘 부탁해!!"

 '이거 설마, 설마…… 데이트구나!'

호난에 다니는 매력적인 남학생들을 매회 한 명씩 철저히 소개하는 코너. 제3회는 스트부의 야무진 귀염둥이, 코히나타 호즈미 군을 인터뷰.

——먼저 자기소개를 해 주세요!
코히나타 : 2학년 D반의 코히나타 호즈미야. 스트라이드부와 장기부에 소속되어 있어요.
——스트라이드 경력은 어느 정도 되나요?
코히나타 : 호난에 들어와서 시작했으니까 2년째. 히스가 스트부에 들어오라고 권해서 입부했어.
——지금 여자 친구는 있나요?
코히나타 : 없어.
——그럼 좋아하는 타입은?
코히나타 : 열심히 노력하는 애가 좋아. 함께 노력하고 싶어지니까.
——그런데 키치죠지 역 앞에 선배와 아주 닮은 여성이 나온 광고판을 보았습니다만…….
카도와키 : 오! 너, 그거 봤구나? 무엇을 숨기랴! 그 드레스 여인은 지금 눈앞에 있는 코히나타 호즈….
코히나타 : 인법, 지옥 유모차!
카도와키 : 크헉!
——괘, 괜찮으세요?
코히나타 : 아무튼 신생 스트라이드부의 응원, 잘 부탁해!

코히나타 호즈미 군(1-C)

독자에게 한마디!

「스트부의 모두가 열심히 하고 있으니까
응원해주면 좋겠어.」

프로필CHECK!!

소속된 반	2-D
신장	165cm
체중	54kg
혈액형	AB형
취미	텔레비전 시청(버라이어티, 드라마, 아동용 교육방송)

 호난월보 제3호 호난학원 신문부

【학생회에서 알립니다】
☆체육관 사용에 관하여☆
각 운동부 부장은 7~9월간 운동장 / 체육관 사용 신청서를 이번 달 안으로, 학생회에 제출해 주세요.

호난 스트부 완전 부활!

VS 사이타마 현립 미하시 고등학교 스트부

신생 호난 스트부 데뷔전 승리로 장식하다

신생 호난 고교 스트라이드부에 있어 데뷔전이자 스폰서 정식 결정이 걸린 중요한 시합이었던 「키치죠지 스프링 스트라이드 페스」의 일전(一戰). 대전 상대는 과거 현 대표까지 올라간 실적이 있는 사이타마 현립 미하시 고등학교 스트라이드 팀.

시합에서 두 학교 모두 뜨거운 질주를 선보였다. [제1구간]에서 미하시에게 리드를 내어 주었지만, 카도와키의 가드레일 넘기나 [제2구간] 코히나타의 측면 공중제비(사이드 플립) 하이터치가 회장을 들끓게 했다. [제3구간] 하세쿠라의 힘찬 달리기 덕분에 차는 완전히 좁아져, [제4구간] 야가미와 [제5구간] 후지와라가 테이크 오버 존 안에서 아슬아슬한 고속 릴레이를 선보였다. 마지막에는 호난의 앵커가 미하시와 큰 격차를 벌려 골 테이프를 끊었다.

■ 호난 스트부 팬의 목소리
「야가미와 후지와라의 릴레이션이 압권. 사쿠라이의 지휘도 포함해서 호난의 신세대의 힘을 느꼈네요.」

「카도와키의 최선을 다한 달리기에 감동했습니다. 모두 릴레이션도 잘했고, 예전의 호난의 기세가 돌아온 것 같았어요.」

■ 미하시 스트부 팬의 목소리
「져 버렸지만, 오늘 호난은 정말 빨랐어요. 다음에는 이길 수 있도록 미하시와 시마를 응원할 생각이에요! 달린 후 쓰러질 정도로 전력을 다한 시마, 완전 좋아요!!」

「최근 미하시의 스트라이드는 영 재미가 없어서 솔직히 응원하기 힘들었는데, 오늘은 필사적이어서 좋았습니다. 다음을 기대하고 싶네요.」

호난 학원 고등학교

D′s 인터내셔널의 신 브랜드 runruly의 로고를 등에 지고,
신생 스트라이드부로서 완전 부활.
「엔드 오브 서머」의 트라이얼 투어에 임하게 된다.

쿠가 쿄스케

KYOSUKE KUGA

스트라이드부의 과거를 아는 수수께끼의 3학년.
'KGB'에 연관되어 있었는지, 학교 학생들 대부
분이 무서워한다……

PRICE OF STRIDE 01 DIGEST

1년 전의 '어떤 사건' 이후, 휴부 상태가 되어버린 호난 스트라이드부는
나나, 리쿠, 타케루의 가입에 의해 다시 숨쉬기 시작했다.
미하시 고등학교와의 첫 시합에도 승리하여, 릴레이셔너가 무엇인지 피부로 실감하기 시작한 나나.
한편, 리쿠와 타케루는 성격 차이 때문에 쉽게 호흡이 맞지 않는다.
강력한 라이벌도 차례로 등장하면서, 호난의 유대가 시험대에 오른다!

사이세이 학원 고등학교

칸토 지역 톱클래스의 실력을 가졌으며, 동시에
댄스&보컬 유닛 「갤럭시 스탠더드」로서 인기가
많은 스트라이드 팀. 효난에 관심이 있는 듯
한데ㅇㅇㅇㅇ?

STEP 04

VISUAL NOVEL SERIES
PRINCE OF STRIDE 01

DAYDREAM BELIEVER

CHARACTERS

사이타마 현립 미하시 고등학교

신생 호난 스트부의 첫 대전 상대. 강호라고 불려도 최근까지 선수층의 성장이 여의치 않았지만, 현 부장 카모다 케이의 지휘 아래 부활. '승리의 미하시'로 돌아올 수 있게 되었다. 그러나 실질적으로 팀으로서의 밸런스가 아슬아슬한 상태.

2학년, 부장. 미하시의 부진한 성장 문제를 거의 그 혼자의 지휘로 해결했다. 형인 유우와는 완전히 정반대의 성격으로, 특히 목욕물 온도 가지고 자주 싸운다(유우는 아주 뜨거운 물을, 케이는 미지근한 걸 좋아함).

카모다 케이

KEI KAMODA

2학년, 러너. 고등학생 같지 않은 체격에, 긍정적인 열혈남. 의외로 속이 깊고 어른스러워, 실수를 인정하는 동시에 그걸 반면교사로 삼으려고 노력한다. 집은 중형 슈퍼마켓 '나가츠카'를 운영 중.

나가츠카 노부히코

NOBUHIKO NAGATSUKA

2학년, 러너. 아이돌 같은 외모로 여자들한테 인기가 많다. 항상 타산적으로 자신의 가치를 높이려는 노력을 아끼지 않는다. 계산적이나 내면의 독기를 숨기지 않기에 완전히 미워할 수도 없다. 초등학생 때까지는 사이세이 학원을 다녔다.

시마 아오이

AOI SHIMA

3학년, 릴레이셔너. 얌전한 성격을 가진 케이의 형. 케이의 지휘에 따라가지 못하는 부원들이 점차 속출해도 그만은 남았다. 목욕물 온도를 가지고 싸울 때 자주 지는데, 결국 나중에 물을 다시 데워 쓰곤 한다.

카모다 유우

YU KAMODA

2학년, 러너. 외모도, 성격도 평범하며, 타인과 얽히려 하지 않는다. 스트라이드부에는 나가츠카가 억지로 집어넣는 바람에 입부했으며, 도저히 훈련에 따라갈 수 없을 줄 알았다. 그러나 케이의 지휘 아래 재능을 발휘. 파카 수집과 DJ가 취미.

하리가야 히사토

HISATO HARIGAYA

2학년, 러너. 팀에서 가장 빠른 러너. 중학교 때까지 육상에만 몰두했지만, 스트라이드 세계에는 더욱 빠른 사람이 있다는 걸 듣고, 입부. 발은 빠르지만, 성격은 초등학생. 특촬물을 좋아한다.

에이후쿠 타케시

TAKESHI EIFUKU

PRINCE OF STRIDE 01 STAFF

기획·원작/디자인 웍스: 소가베 슈지[FiFS]
텍스트: 나가카와 나루키
캐릭터 디자인: 노노 카나코[FiFS]
일러스트 제작: FiFS

북 디자인·로고 디자인: 우치코가 토모유키 [CHProduction]
디자인·DTP : 이치카와 리호코, 츠노다 케이스케, 토미하타 코우지
프로듀스·연재: 전격 Girl'sStyle
편집 : 모리모토 쇼코, 요시다 노리코, 아오야마 나호
Special Thanks : 이와자키 다이스케[Rejet],
노자와 에리[Rejet], 이이지마 나오키,
이마이즈미 테루히코, 타키자와 나오미

Continue to

동일본 제일을 결정하는 고교 스트라이드 대회
「엔드 오브 서머」를 향한 트라이얼 투어가 개막.

the NEXT STEP!

첫 무대는 유명 온천인 나스 온천! 첫 원정에 들뜬 나나
일행 앞에 사이세이 학원 멤버들이 나타나는데……?!

색인	용어	해설
아	인터컴	레이스 중에 릴레이서너와 러너를 잇기 위한 통신용 음향기기. 릴레이서너는 헤드셋을 착용하고, 러너는 유니폼 안에 내장된 마이크와 귀에 낀 이너 이어폰으로 연락을 취한다.
월		기믹의 일종으로 그 이름대로 「벽」. 추가 포장으로서 코스 위에 설치되는 장해물. 스폰서가 준비하는 경우가 많으며, 그 때 눈에 잘 띄는 위치에 회사 로고가 들어간다.
	볼트	기믹의 일종. 벽을 넘는다는 뜻으로, 어느 정도의 높이가 있는 장해물을 넘는 행위를 일컫는다. 비품의 경우, 높이를 조절할 수 있는 허들 형태의 바를 설치하는 경우가 많다.
	오더	선수의 달리는 순서를 정한 것. 코스, 주자의 특기 분야, 릴레이션의 상성 등을 통해 가장 최적이라고 여겨지는 순서로 정한다. 주로 릴레이셔너가 담당.
카	기믹	코스 상에 설치되는 장해물. 시가지 시설 그대로를 기믹으로 이용하는 경우와 비품을 추가 설치하는 경우가 있다. 돌파하는 방법은 러너 각자 재량에 따른다.

마이크

미하시 교교의 스폰서명

ⓜ 아스중기

높이 조절 가능

볼트 연습용 기구 「레일」

시합은 기본적으로 시가지 안에서 이루어지며, 일본 전국 어디에서나 개최돼, 투어라고 불리는 각지의 예선에 참가하기 위해 여러 지역을 돌아다녀야 하는 것 같아. 힘들겠지만, 그래도 재미있어 보여!

「스트라이드」 완전 정복 가이드!

「스트라이드」란……

시가지의 거리를 한 명 당 약 400m씩 전력으로 달리며, 사령탑의 지시에 따라 러너 5명이 릴레이를 하는 익스트림 스포츠입니다!

Q 스트라이드는 어떤 경우 「승리」인가요? (1학년 남자)

A. 먼저 골 테이프를 끊은 팀이 승리.

스트라이드는 두 팀이 승부하는 경기야. 각각의 팀의 러너 5명이 릴레이셔너의 지시로 하이터치를 하여 최종 주자로 두 팀의 앵커 중 어느 쪽이 먼저 골 테이프를 끊느냐에 따라 승패가 결정되지. 다시 말해, 승패는 일반적인 육상 경기의 릴레이나 역전 경주랑 똑같다고나 할까. 간단하지?

Q 스트라이드는 몇 명이서 하는 경기인가요? (1학년 여자)

A. 6명이 한 팀이야.

스트라이드는 「러너」 5명, 「릴레이셔너」가 1명, 그러니까 6명이 한 팀이야. 릴레이셔너는 선수에게 지시를 내리는 사령탑이니까 발이 빠르지 않아도 괜찮아. 반면 러너는 상당히 달리기 속도가 빠르지 않으면 스트라이드에서 활약할 수 없어. 그래서 나한테는 힘들다고 몇 번이나 말하고 있는데…….

Q 테이크 오버 존 안에서 릴레이션을 할 수 없으면 어떻게 되나요? (1학년 여자)

A. 실격 처리가 돼.

하이터치를 하지 못하고 테이크 오버 존을 나가게 되면 그 시점에서 실격 처리가 돼. 그렇지만 타이밍을 맞추기 위해서 존 안에서 멈춰 서거나 급격한 감속을 하는 건 오케이! 그래서 서로의 스피드를 떨어뜨리지 않고도 대처할 수 있도록 지시를 내릴 릴레이셔너가 굉장히 중요한 거야.

Q 스트라이드의 코스는 어떻게 되어 있나요? (2학년 남자)

A. 시가지 안이라면 어디든 코스지.

스트라이드는 시가지의 길을 코스로 바꾸어 달리는 경기지. 그러니까 어디든 코스가 돼. 한 명 당 400m씩 전체로 약 2km의 코스인 경우가 많아. 코스에는 보통 기믹이 존재해. 가드 레일이나 육교 등 지역의 설비 자체가 그대로 기믹이 되거나, 시합을 위해 추가 포장을 가할 때도 있어.

색인	용어	해설
하	휴즈 큐브	볼트의 일종. 입방체 형태의 장해물. 선수의 신장과 거의 맞먹거나 살짝 높게 설정되어 있다. 달리는 선수의 앞길을 막기 때문에 클리어를 위해서는 다소 높은 운동 능력이 요구된다.
	블라인드	릴레이션 때, 다음 주자의 스피드를 내기 위한 도움닫기 구간. 스타트 에어리어에서 테이크 오버 존까지의 거리. 이 구간에서는 이전 주자의 모습이 전혀 보이지 않는다.
	브레이크 라인	블라인드와 테이크 오버 존의 경계. 다음 주자는 여기서 처음으로 이전 주자의 모습을 인식하게 된다. 블라인드에서 올린 스피드를 유지하면서 릴레이션을 하는 것이 중요.
	블록	뒤에서 쫓아오는 상대 팀 러너의 진로를 막는 트릭. 참고로 스트라이드는 앞지르는 행위를 '어택', 블록을 피해 앞지르는 행위를 '스루'라고 한다.
라	릴레이셔너	각 러너가 최고의 스피드를 유지한 순간에 하이터치를 할 수 있도록 목소리로 지시를 내리는 가이드 역. 여자 릴레이셔너는 상당히 드물다.
	릴레이셔너 부스	릴레이셔너가 시합 중에 대기하는 장소. 코스 전체가 다 보이는 장소, 혹은 각 러너의 중계가 보이는 장소에 설치된다. 텐트를 세우는 것이 일반적.
	릴레이션	릴레이셔너의 지시부터 그 지시에 따라 주자가 테이크 오버 존에서 하이터치(배턴 터치)를 할 때까지의 일련의 행동.
	롤	트릭. 지면을 굴러 낙법을 취하는 착지법의 총칭. 무릎에 부담을 주지 않고 다음 동작으로 자연스럽게 연결이 되기 때문에 높은 위치에서 착지를 할 때 자주 이용된다.

메인
코스

테이크 오버 존

브레이크 라인

스타트

블라인드

세컨드 스타트 에어리어

리코메모

프로의 세계도 있지만, 역시 「스트라이드」는 고교 스트라이드가 최고! 일본에서는 특히 고등학생이 중심이 되는 스포츠야, 호나도 멋지게 활약할 수 있도록 응원할 거라고!

용어	해설	색인
스타트 에어리어	제 2~5주자가 달리기 시작하는 스타트 위치. 이 위치에서는 이전 주자의 모습이 전혀 보이지 않기 때문에 완전히 릴레이셔너의 신호만을 의지하여 스타트하게 된다.	사
스폰서	스트라이드 활동 경비를 지원하는 기업 단체를 의미. 고교 스트라이드에는 필수. 각 팀은 유니폼인 트레이닝복에 기업 로고를 넣는 등의 방법으로 광고를 한다. 스폰서 로고 → **runruly**	
태블릿	터치 패드 형식의 PC 단말기. A4 사이즈가 일반적. 러너의 현재 위치 및 타임을 표시하거나 실시간으로 중계 화면을 전송해주는 릴레이셔너의 필수품. 레이스 표시 화면 → 00:01:14	타
테이크 오버 존	이전 러너와 다음 러너가 교대(릴레이션)를 하기 위한 구간. 릴레이셔너의 신호로 타이밍을 잡아 이 구간에서 하이터치를 하여 주자 교대를 한다.	
트릭	스트라이드에서 행해지는 「기술」의 총칭. 기믹을 뛰어넘을 때 사용되는 볼트나 플립, 그리고 블록이나 롤 등도 트릭으로써 활용된다.	
하이터치	릴레이에서 말하는 배턴 패스. 러너를 교대할 때, 다음 러너가 이전 러너를 앞지르면서 서로 팔을 높게 들어올려 손바닥끼리 마주친다. 찰싹	하

「스트라이드」는 일반적으로 기업의 스폰서가 붙거나, 시가지 전체를 이용한 축제처럼 시합을 하는 등 정말 화려하고 신나는 스포츠지? 신문부의 취재 거리로는 딱이야.

이것은, 있었을지 모를 「만약」의 이야기――.
또 하나의 「문호 스트레이독스」가 압도적 화력으로 만화화!

문호 스트레이독스 BEAST

1

납치당한 여동생을 찾기 위해 아쿠타가와 류노스케는
검은 옷의 남자에게 복수를 맹세했다.

하지만 길바닥에서 쓰러져 아사 직전이던 그의 앞에
자신을 무장 탐정사의 사원이라 칭하는 남자,
오다 사쿠노스케가 나타나는데…….

소설로 큰 인기를 끈 문호 스트레이독스 BEAST의 만화판!

만화 : 호시카와 시와스 / 원작 : 아사기리 카프카 │ 2021년 8월 제1권 출간

카쿠리요의 여관밥
~ 아야카시 여관으로 시집을 가다 ~
1~2

츠바키 아오이는 돌아가신 할아버지가 진 빚 때문에
요괴들의 세계 '카쿠리요(隱世)'의 전통 있는 여관
'텐진야'의 큰주인에게 시집가야하는 상황에 처하게 된다.

난처해진 아오이는 기사회생의 비책으로
'텐진야'에서 일해 빚을 갚겠다고 선언하는데…?

아야카시 여관을 무대로 펼쳐지는 아오이의 여관 부흥기!

만화 : 이오카 와코 / 원작 : 유우마 미도리

PRINCE OF STRIDE 01

2021년 08월 20일 제1판 인쇄
2021년 08월 25일 제1판 발행

지음 나가카와 나루키
기획, 원작 소가베 슈지 [FiFS]

옮김 김진아

발행 영상출판미디어(주)
등록번호 제 2002-000003호
주소 21311 인천광역시 부평구 평천로 132 (청천동)
전화 032-505-2973(代) | FAX 032-505-2982

ISBN 979-11-380-0384-1
ISBN 979-11-380-0383-4 (세트)

PRINCE OF STRIDE 01
ⓒFiFS/Naruki Nagakawa / KADOKAWA CORPORATION 2015
First published in Japan in 2012 by KADOKAWA CORPORATION, Tokyo.
Korean translation rights arranged with KADOKAWA CORPORATION, Tokyo.
through Korea Copyright Center Inc.

구매 시 파손된 도서는 구매처에서 교환하실 수 있습니다.
기타 불편사항, 문의사항이 있으신 독자님께서는 노블엔진 홈페이지
[http://novelengine.com] 에서 Q&A 게시판을 이용해 주시기 바랍니다.